网易女人生活书

花花们的

第 一 本

挑货书

网易女人频道　　编著

广西科学技

图书在版编目（CIP）数据

花花们的第一本挑货书/网易女人频道编著．—南宁：广西科学技术出版社，2008．1（网易女人生活书系列）

ISBN 978-7-80666-990-7

Ⅰ．花… Ⅱ．网… Ⅲ．①皮肤用化妆品－问答 ②女性－美容－问答 Ⅳ．TS974.1-44

中国版本图书馆CIP数据核字（2007）第186818号

HUAHUAMEN DE DIYIBEN TIAOHUOSHU

花花们的第一本挑货书

编 著 者：网易女人频道		装帧设计：北京水长流文化发展有限公司	
策 划：孟 辰 蒋 伟		责任编辑：孟 辰 蒋 伟	
封面设计：潘爱清		责任校对：田 芳	
责任审读：梁式明		责任印制：韦文印	
美术编辑：谢 欢 林燕璇			

出版人：何 醒

社 址：广西南宁市东葛路66号	出版发行：广西科学技术出版社
电 话：010-85893724（北京）	邮政编码：530022
传 真：010-85894367（北京）	0771-5845660（南宁）
网 址：http://www.gxkjs.com	0771-5878485（南宁）
	在线阅读：http://book.51fxb.com

经 销：全国各地新华书店

印 制：中国农业出版社印刷厂

地 址：北京市通州区北苑南路16号	邮政编码：101149
开 本：880 mm×1040 mm 1/24	
字 数：70千字	印 张：6.5
版 次：2008年1月第1版	
印 次：2008年1月第1次印刷	
书 号：ISBN 978-7-80666-990-7 / R · 181	
定 价：25.00元	

前 言

写在前面

　　这段话本来不应该出现在前面，因为按互联网的规矩，除非有更多的人支持，把它顶到前面来。

　　现在，就算是我们自己把它顶到前面的吧。让我们来介绍这本书。

　　这是一本由网友撰写的美容护肤品的挑货书。网友的身份是相对于网络而言的，其实这些网友可能就是我们的朋友、邻居、同事，或者就是我们自己。

　　没办法统计有多少网友参加了这本书的写作，这些网友有一个共同的名字，叫"花花"，她们在网易女人频道一个叫花窝的论坛中，共同写下了这本书中的大部分文字。

　　有许多东西能让生活呈现出更好的状态，比如有一个是医生的朋友，比如家门口有一间好书店，比如你常用的东西都离自己很近，我们的表述可以很散乱，但其实，有关生活、美、爱情，所有这些，都是有规律可循的。找到一个适合自己晚上去聊聊天的论坛，应该也是互联网时代好生活的一个标志。

　　花窝就是这样一个论坛。在这里，都是关于美容护肤品的讨论，其实说什么不那么重要，关键是怎么说。护肤和美容，是一个比较容易开始的话题，所以花窝是一个让人感觉很舒服的地方。

　　花窝像身边的一个好朋友，像手边的一本好书，如果说得夸张点，是理想的网络生活的一个范本。很单纯，很干净，很生活。

　　这本书是第一本，当然还会有第二本，第三本，某位花花如果有兴趣，也可以有自己的专著。在这个英雄辈出、超人辈出、人人都想与众不同的年代，我们特别欣赏那些坚持着自己的生活原则，平凡但快乐地生活着的人。

　　我们希望，也相信，网络的力量，能够把这样的人，顶到最前面去。

网易女人频道编辑部

目　录

清晨，在泡泡中醒来

——洁面产品怎么挑

M花花心情ood

清晨，在细腻柔软的泡泡中醒来，有一种被呵护着的幸福……

还记得自己读小学的时候，因为怕迟到所以匆匆忙忙用手把脸抹湿就出门。

现在，使用那种能打出很多泡泡的洗面奶让我很开心，在手心不停地打几个圈圈，雪白的泡泡就鼓起来了。我喜欢把整张脸都埋进满是泡泡的手心，整个人这才在指间的泡泡中苏醒呢。

卸妆本来就是仪式感很强的一件事。

一天的工作结束了，让自己放松一下吧。也许眼影已经淡了，一点点抹去，有种一点点放下的感觉。

据说好好洗个脸再睡觉，是治疗失眠的好办法。还有一种最可爱的办法，就是躺在床上对自己说："眼睛睡着了，鼻子睡着了，嘴巴睡着了……"

卸妆也是这样一个想象的过程，夜色就是这样慢慢地降临的……

花花护肤语录

Quotes

○ 人的皮肤表面有一层肉眼看不见的皮脂膜，它的作用是保持皮肤健康。每次洗脸之后，这种皮脂膜需在2~3个小时后才能再度形成。如果每天洗脸过勤，皮脂膜还未形成就又遭到破坏，这样做只能使皮肤受到更多的刺激。因此我们要想延缓面部容颜的衰老，就得把皮肤受到的刺激降低到最小。如果皮肤没有特殊的状况，一天之内早晚各洗一次脸为宜，早上用冷水，晚上用温水，这样对皮肤很有好处。

○ 干性皮肤的人，每天洗脸的次数不应超过两次，同时注意不要使用碱性较强的香皂洗脸。

● 油性皮肤的人应适当增加洗脸次数，此外，为防止油污堵塞毛孔，可以使用含硫磺、水杨酸成分的香皂洗脸。但同样应避免使用碱性较强的香皂，因为它会对皮肤产生刺激。洗脸后，用热毛巾敷10分钟，可以有效清除油脂，保持皮肤清爽。

● 混合性皮肤每日洗脸的次数以两次为宜，用洗面奶、香皂、洁面霜均可。

● 使用防晒、隔离类的产品（尤其是具有修饰肤色功能的产品）后，只靠普通的洁面产品清洁是不够的。防晒产品中所含的物理性防晒成分，如二氧化钛就是粉剂，需要靠卸妆来清除。而防晒系数高、强调抗水抗汗性能的防晒产品都会比较黏腻，晚上更需要使用有效的卸妆产品清除，以免堵塞毛孔。

● 如果是在高油污的环境下工作，就更应该注重皮肤清洁问题。比如在厨房、加油站之类经常接触油污的人群，卸妆是每天必不可少的护肤程序。

G uide 花花挑货语录

○ 干性皮肤时常处于缺水状态，应该选择性质温和、乳液状、低泡、弱酸性、保湿的洁面产品。可以选择无泡或低泡的洁面乳液或洁面凝胶，清洁力较弱不刺激，能在皮肤表面保留一些油脂。卸妆产品可以选择卸妆油，清洁力好又能滋润皮肤。

○ 中性皮肤属于最好打理的健康皮肤，选择温和、弱酸性、保湿的洁面产品即可。洁面乳液、洁面膏、洁面凝胶等产品都可以使用，保证一定的清洁力即可。

○ 混合性皮肤脸部两颊干燥，脸部T区（T区指的是额头和鼻子这一区域）油腻，需要调整水油平衡，最好能够选择两种不同强度清洁力的洁面产品，加强T区部位的清洁即可。此外，在夏季可以选择清洁力较强、泡沫丰富的洁面膏或洁面皂，秋冬季节则可换为清洁力较为温和的洁面凝胶。

○ 油性皮肤油脂分泌较旺盛，需要使用泡沫丰富、清洁力较强的洁面产品。可选择去脂力强的泡沫型洁面膏或洁面粉，能够深层清洁，去除油脂。卸妆产品可选择清爽的卸妆水和卸妆乳，如选择卸妆油，要特别注意其中是否含有治痘成分。

○ 敏感性皮肤与干性皮肤类似，应该使用温和无刺激的洁面产品，并且要特别注意其中是否含有刺激性的成分。

○ 痘痘皮肤其实更加需要性质温和的洁面产品，不再刺激发炎的痘痘。此类皮肤可选择具有一定清洁力的洁面凝胶或低泡洁面乳液。

ID：小猫仙儿
年龄：24 岁
脸部肤质：混合偏干性，脸部T区偏油，右脸颊有痘疤，额头容易长痘，肤色较暗，属于"黑妹妹"型
所在城市：韩国首尔市

精选花花心得

挑选洁面产品要因人而异，因时而异，因地而异——所谓"天时地利人和"吧！

◎ 因人而异

①首先一定要弄清楚自己的肤质类型。

干性皮肤：注意保湿，老生常谈了吧？不要选择清洁力过强的产品，尽量使用保湿效果好的产品。

中性皮肤：相对选择范围大些，洁面乳液、洁面膏、洁面凝胶均可，保证一定的清洁力即可。

油性皮肤：相对于干性皮肤，应选择清洁力强点的产品，否则"大油田"的MM会在洗脸以后还觉得脸上油油的。

混合性皮肤：可以参考中性肌肤的选择范围。

②其次确定小范围的购物目标再出手。选择护肤品不是说大品牌的就一定比小牌子的好，也不是国际品牌护肤品就高贵于国货，个人皮肤和钱包是不同的，所以说要因人而异嘛！

最好的办法是先到"花窝"上来学习学习，看看姐妹们都有什么使用心得，就会受益良多啦。不过这还是比较浅显的学习阶段，高一点的阶段是去各品牌官方网站研究产品介绍及成分，再高层次的阶段就是针对有关疑问咨询咱们"花窝"的专家——"人间"（为网易女性论坛"花想容教室"板块的网友）。总的原则就是看产品的成分是否合适自己的肤质，因为个人肤质不同，他人琼浆难保不是己之毒药啊！

③根据自身化妆与否选择清洁力不同的产品，既然题目说是洁面，那我就姑且把卸妆油、卸妆乳、卸妆水统统包含进来了。这三样卸妆产品的清洁能力依次降低，所以浓妆者尽量选择油状或乳状的卸妆产品，淡妆者选择卸妆水就足够了。只是之后还是要用洗面奶的，以确保不会有卸妆残留物遗留在毛孔深处。

④个人工作环境不同也应该有不同的选择，像工作环境相对恶劣的行业就需要清洁力强的产品。教师天天生活在粉笔灰里，工作环境对皮肤就很不好，晚上一定要做好脸部清洁工作的。需要强调的是每天长时间面对电脑的JM们一定要注意在使用完电脑以后马上洗脸，去除屏幕对肌肤的污染。

○ 因时而异

①要根据季节选择，秋冬季要选择性质相对温和的，重在保湿；春夏季季节转换时，比较干燥，要注意防止过敏，重在清爽。

②每天的"时"也有讲究哦。每天最基本的洁面次数是两次，早上选择性质相对温和的产品，晚上下班回家后请马上卸妆，让劳累了一天的肌肤轻松呼吸，根据妆容不同选择不同的卸妆产品。至于午间是否洗脸，完全取决于个人情况了，毕竟工作忙的JM们中午没有时间也不方便把妆卸了再化一遍。总之没有特殊状况的皮肤，每天洗脸次数不要超过3次，否则容易造成清洁过度，破坏皮肤本身的保

诀窍。在洗脸去味的海绵中概米。有一种柔润少女的手感，卸妆也是这样，一点点象的过程。夜色就是这样慢慢地降临的，我其实把整张脸即使就是海海的手心，将个人这么长时间的海海中米。

护层。

③"时"还要根据人当时的肤质情况，皮肤有的时候难免会闹小别扭，像敏感的时期就要用温和的产品，把它哄得开心了再适当地调换。

④年龄的"时"是大家最在意的吧，10岁的小姑娘什么都不用皮肤照样水水的，可是20多岁以后因为工作生活环境的变化，加上化妆品的使用，就应该更加注重洁面产品的选择了。简单了解一下各品牌定位，就可以知道哪些品牌是主要针对年轻丫头们的，而哪些是针对熟龄肌肤而开发的。

○ **因地而异**

咱们伟大的祖国幅员辽阔，从南到北、从西到东，气候大不相同。北方气候干燥，MM就要注意选择保湿性好的产品；而南方相对湿润，可是日照比较强烈，所以相对北方MM，南方MM也要注意根据自己居住地的气候选择洁面产品。

没有实践就没有发言权，以下这些都是我亲身体验过的推荐产品。NUXE（法国药妆品牌）的蜂蜜温和洁面啫喱（香港有售，200ml，165港币），味道清新，性质温和，适合皮肤敏感的MM或在冬季使用。兰芝LANEiGE（韩国化妆品牌）的洁面产品也不错，我基本每天晚上卸妆以后都会再用它洗一次。

简简单单可能最好

——化妆水怎么挑

M*ood 花花心情

化妆水可以补水就已经足够好了。生活本来就是简单点好。

一双高跟鞋和一条裙子相配已经足够好。一张CD中有一首自己很喜欢的歌已经足够好。一个男生能坚持做好任何一件小事，就已经值得我们去欣赏了。

以为米色的鞋子百搭，结果黑不黑，白不白，总觉得不合适。因为一张CD中有不喜欢的歌，就不愿意收藏，自己喜欢的歌也不能收为己有了。孜孜不倦地寻找一个完美男人，结果却错过一个又一个"平凡的好男人"……

也许你还在寻找你的"Mr right"，但是要知道，其实足够就已经很好了。一瓶化妆水可以补水就已经足够好了，如果能够这样想，事情就会all right。

花花护肤语录

化妆水是让你保持肌肤水分，让皮肤晶莹的秘密。想要有张干净、清爽的脸吗？不用太麻烦，记得在用洗面奶洗脸后，多加一个使用化妆水的步骤，就能轻轻松松拥有一张清新的面容！

○ 化妆水在皮肤护理过程中并不是可有可无的哦，它的作用是非常重要的！它具有保湿及平衡皮肤效果，在整套护肤过程中起到了承上启下的作用，既可以二次清洁皮肤，又可以促进乳液的吸收，还能够给皮肤补充大量水分，可谓一举多得。

○ 化妆水的成分中有60％以上是水分，洁面后使用可以让皮肤的含水量增加，而皮肤角质层吸饱水后就会变透明，皮肤质感会变得非常通透。

化妆水具有调整皮肤pH值的功效。在使用洗面奶后(洗面奶多为碱性)，原本弱酸性的皮肤会暂时失去平衡，使用化妆水可以调整肌肤的酸碱值。

○ 化妆水可以软化皮肤角质层，让后续使用的乳液面霜等更好吸收。

○ 虽然一般洗面奶具有清洁的效果，事实上使用洗面奶洗脸，多半只能洗掉附着在皮肤表层的脏东西，像是灰尘、彩妆、卸妆后残留的卸妆油……但是皮肤里层的污垢依旧"安然无恙"，而化妆水含有杀菌、清洁成分，洗脸后用化妆水浸湿化妆棉，在脸部轻拍，可以较彻底地清除肌肤里层的有害细菌。

花花挑货语录

○ 化妆水要尽量挑选成分安全，不含香料不含酒精的产品，因为这两种成分都可能引起过敏现象。挑选含有植物成分的化妆水会比较安全，金盏花、金缕梅和水杨酸等植物成分可以替代酒精，起到收敛毛孔的功效，而含有玫瑰、橙花等成分的化妆水则具有美白的功效。

○ 检测化妆水是否含有酒精的方法：使劲上下摇晃化妆水瓶，观察化妆水上层涌出的泡泡。如涌出的泡泡多说明营养丰富；涌出的泡泡少则营养较少；泡泡细腻且经久不消的化妆水不含水杨酸和酒精成分；泡泡很大且持久不消的化妆水含有水杨酸成分；泡泡很快消失的化妆水含酒精成分，用其试在脸上，有明显的清凉感和刺激感，刺激感越强表示所含酒精浓度越高。

○ 选择保湿型化妆水，要注意以下几点。成分是否安全温和，香料是否添加适当，保湿时间是否持久，还有是否容易渗透。一般来说，质地黏稠一点的化妆水（啫喱状或凝胶状）相对保湿效果较好。保湿性的化妆水成分通常含有以下成分：植物精华、甘油、透明质酸（又称"玻尿酸"）、氨基酸等。

○ 挑选美白化妆水时要特别注意对皮肤的刺激性。因为护肤品里的很多美白成分容易引起过敏，一些美白成分会受光照影响，所以最好在晚上使用。美白类化妆水的成分通常含有：维生素C，维生素E，含美白功效的植物精华（玫瑰、甘草等），氨基酸等。为防止过敏，特别提醒敏感皮肤的MM使用美白产品时需要特别小心。此外，因为美白成分通常不太稳定，所以离生产日期过久或者保存不当的美白化妆水很有可能不再含有有效的美白成分，如果不期待美白效果，用来当作普通的化妆水使用并无问题。

控油化妆水适合油性或混合偏油的皮肤使用，或者涂于长痘的地方，因为控油的化妆水通常含有酒精及镇定的成分。控油化妆水的成分通常有酒精、薰衣草精华、茶树精华等。控油化妆水含有酒精成分是正常现象。这里教给大家一个最简单的酒精浓度含量测试方法。化妆水中的酒精含量超过45%是可以点燃的，测试化妆水里是否含有高浓度酒精可以用化妆水浸湿棉签后看其能否点燃。当然适量的酒精成分对油性皮肤是有好处的，过量可就有害了。

油化妆水可以补水就已经足够好了，如果能够这样想，事情就会all right

一个男生能坚持做好任何一件小事，就已经很伟大了，生活本来就是简简单单

化妆水可以补水就已经足够好了

花花操作指南

化妆水的用处多种多样，主要有以下几种：

◎ 单纯做化妆水。洁面后倒适量化妆水在化妆棉或手心上，然后用拍打的方式拍在脸上促进皮肤吸收。

◎ 二次清洁。用化妆水浸湿化妆棉，在脸上轻轻擦拭，可以擦去留在脸上没清洁干净的油脂和灰尘。

◎ 泡纸膜（将美容用纸膜泡在某种营养美容液中浸湿，可作为一种简易自制面膜使用）敷脸。用化妆水浸湿纸膜或者化妆棉，敷在面部5～15分钟。高活性化妆水（如美白化妆水、美白美容液等）特别适合用于敷脸，其有效成分能够更好地被吸收。

◎ 保湿喷雾。把化妆水灌装到喷雾瓶子里，在觉得脸上干燥的时候就喷在脸上，可以起保湿补水的作用。

◎ 清洗残余面膜。用化妆棉蘸取化妆水擦拭清洗一些免洗或水洗式的面膜。

◎ DIY（自制）面膜原料。用来代替纯水制作面膜，这样即可在面膜原有功效上添加化妆水所含美容成分的效用。

ID: 第三棵树
年龄: 29 岁
脸部肤质: 混合性皮肤
所在城市: 广东省佛山市

精选花花心得

爽肤水、紧肤水和柔肤水统称为化妆水，都具有稳定肌肤、平衡肌肤pH值的功效。柔肤水比较滋润，更适合在冬季使用；紧肤水比较清透，更适合在夏季使用。我觉得挑选化妆水首先要针对自己的肤质选择不同的化妆水类型。干性和中性皮肤的MM要选补水型的柔肤水，混合性皮肤的MM要选择补水和控油型的爽肤水。因为混合性皮肤的MM通常T区油、两颊干，控油和补水很难两样都兼顾，所以可以分开来对付，T区用控油型的爽肤水，两颊用补

水型的柔肤水。如果觉得这样麻烦，也可以白天用控油型爽肤水，晚上使用补水型柔肤水，同样可以一举两得地解决问题哦。

通常最好不要选含酒精成分的化妆水，不过长痘痘的MM不妨选含低浓度酒精的化妆水，因为酒精有消炎、镇静的作用，对正发炎的痘痘有较好的消炎作用，而且有不错的控油效果。

许多化妆水都注明其具有各种功效，比如美白、抗氧化、防衰老等。单靠一瓶化妆水要真正达到这些效果要用多大的用量、多长的时间？个人认为这些只是商家要吸引消费者的夸大宣传用词，一瓶补水性良好的化妆水才是各样肤质皮肤的需要，所以我选化妆水的主要诉求只有补水。

使用洁面产品洁面后，不等于皮肤就百分之百地干净了。经过一天时间，皮肤上沾到的灰尘、附有的化妆品是否都洗出来了？洁面产品本身的残留洗干净了吗？还有做完面膜，面膜残留都洗

干净了吗？这时候就要让化妆水来发挥作用了，不知道JM们有没有试过洗了脸后用化妆棉擦脸，有时候还会发现擦完脸后的化妆棉还是黑乎乎的？我就有过这样的经历，也许那天的洁面工作没有做到位，不过也证实了化妆水的确起到了二次清洁的作用。

到了夏天，火辣辣的太阳让人热气腾腾的，脸也被晒到发热，这时候用化妆水拍一下脸，或敷一下脸，皮肤马上降温了，晒得红红的脸也回复原貌了。

洗完脸后直接擦护肤品，会感到护肤品吸收会比较慢。如果先拍上化妆水，在化妆水没完全干的情况下擦护肤品，护肤品的吸收会完全不一样，这就是化妆水的导入作用。

我使用化妆水的方法比较多，除了单纯用化妆水清洁滋润外，还会用来敷脸补水，特别是皮肤长有痘痘或出现轻微过敏现象，其他面膜都不敢用时，就拿补水型的化妆水泡纸膜来敷，不但可以镇静皮肤还可以保湿补水。在夏季我喜欢把化妆水放冰箱里冰一下，泡上纸膜，敷脸后可以退却皮肤疲劳，皮肤马上"神采奕奕"，还能防止皮肤晒伤。在自制面膜时，化妆水也可以代替材料中的纯净水，这在费用上当然比用纯净水要高，但是在增加面膜的功效来说当然比用纯净水要好啦。在日常护理中，我在洗完脸后一定会用化妆水浸湿化妆棉擦拭皮肤，这样可以起到二次清洁作用，之后我再轻拍皮肤，这样可以促进皮肤对化妆水的吸收，得到爽肤的效果。

化妆水我都不会买贵的，一切以补湿为主要诉求。我比较喜欢天然型的护肤品，在秋冬季我比较推荐芦荟汁（昭贵牌是首选，真正的物美价廉）。芦荟汁质地比较黏稠，在干燥的季节非常的滋润皮肤，在夏季当化妆水用的话稍显厚重，建议用来敷脸。芦荟有镇静、消炎、美白、补湿的作用，其舒缓皮肤晒伤效果非常好，如果使用前放冰箱冰一下效果更好。

夏季的化妆水我最喜欢纯露（又称"花水"）。纯露简单来说就是植物提炼精油后剩下的产物，纯露质地很清爽，其中玫瑰纯露和薰衣草纯露是我的最爱。个人认为田缘舞沙牌（目前主要以专卖店或加盟店方式销售）的纯露性价比很不错，要是想选质量好点的我推荐奥莎迪Oshadhi（价格较为高昂的芳疗护肤品牌，目前国内没有进入销售）的纯露，玫瑰纯露有美白、补湿、活肤的作用，而薰衣草纯露有舒缓、补水的作用。

另外，说到保湿护肤成分不得不提到大名鼎鼎的透明质酸。透明质酸，又称为玻尿酸、雄鸡冠萃取液，是一种非蛋白质的黏多糖体，本身溶解在水中呈高稠度的透明液体，但稠而不黏。据实验显示，透明质酸可以吸收达本身重量数百倍重的水分，并且维持最佳状态达3~4个小时。透明质酸是皮肤真皮层的黏液质，这种成分可以来自其他动物体，目前是利用生物化学技术，取动物表皮层中的链锁状球菌发酵得到。（摘自张丽卿《化妆品好坏知多少》一书）

因为透明质酸的补湿效果好，在市面上好多化妆品都含有透明质酸，牛尔老师（台湾地区女性时尚节目嘉宾）推荐过一款自制既平价效果又好的补湿化妆水的方法，"老树"亲身有体验，效果不错哦。

材料：1g透明质酸粉、100ml纯净水或化妆水（我推荐用纯露）。

方法：把透明质酸粉倒入纯净水或化妆水里充分搅匀，直到粉末完全溶解为止。

岁月的记忆

——面霜、乳液怎么挑

花花心情

　　想想小时候，家里有一瓶大大的面霜，每天早上上学前，我都会被妈妈抓住，脸上被粗略地抹上几把面霜。擦着面霜，整个人立刻变得香喷喷起来。北方的冬天，如果洗了脸不抹面霜就出去，不到一个早晨，脸就会被冻得很粗糙，即便如此，年幼的自己觉得可麻烦了，还是希望能够逃过被抹面霜的环节。

　　还记得那时，在我的脸上抹完面霜，妈妈手上总会余下一些，于是她便用那些剩余在自己的脸上细心地抹起来。有时候赶着上班，妈妈抹得着急，连镜子都顾不上照，脸上面霜还没涂均匀就跨出了门呢。

　　今天想起来，觉得真有趣。现在妈妈对我的态度变化可大了，每次看我涂了又涂才出门，她都用手做棒子状赶我出门："快走快走，整天抹个没完。"

　　但是，我想有一天如果我也有个女儿，妈妈还是会抓着我的女儿往她的脸上抹几把香香的面霜吧。

花花护肤语录

混合性皮肤的MM：

我是混合性皮肤，夏季脸部T区爱冒油；在秋冬季，T区不油了，但U区（U区指两脸颊和下巴这一区域）又有点干。我知道这是皮肤水油不平衡造成的，所以面霜我以补水、锁水为主要诉求。混合性皮肤最怕油，所以夏季我早上用控油补水的乳状面霜，晚上用清爽型的补水霜；到了秋冬季，这么单薄的乳液当然不够啦，就要选择补水效果更好一点的补水霜。因为我有用精华液，所以没用有针对性功能的晚霜，只用一般的补水霜，只是冬季用的比夏季用的要厚一点。

除了补水，还有一样护肤关键是一年四季都不能少的，那就是防晒。关于防晒产品，我同样钟情于选清爽不油腻的，而且一般会选SPF值（防晒指数）为25以上的。因为就算是在冬季，UVA紫外线也会透过云层照射下来，穿透玻璃直达皮肤真皮层。除了防紫外线之外，我天天工作都要面对电脑，所以不喜欢选防晒指数太低的防晒产品。

使用面霜或乳液后要立刻扑干粉的MM：

因为我通常在擦完面霜或乳液后直接扑上干粉，所以我就要求面霜或乳液吸收性要好，擦到脸部大约10分钟之后就应该被皮肤吸收进去，不影响扑干粉；保湿性好，扑完粉后，还觉得脸部比较湿润，不干。

◎ 晚上做美白功课的MM：

都说时时刻刻都要美白，但我个人主张，美白类护肤品最好还是放在晚上使用。因为美白类的产品，补水的功效会略逊一筹，白天用可能不够滋润。总的来说，还是根据不同的皮肤类型来选择。至于敏感性皮肤，最好还是选择质地温和一些的产品。

◎ 对季节变换敏感的MM：

许多护肤品牌都推出了滋润型和清爽型的面霜和乳液，一般情况偏油性皮肤的人要选择质地清爽的乳液，而干性皮肤应选择滋润型的乳液或面霜。同样，在不同的季节要选择不同类型的面霜和乳液，春季冬季比较干燥，要选择滋润性强的产品；夏季比较湿润，则要选择相对清爽一些的面霜和乳液。此外，还要考虑使用者经常所处的环境，比如经常在空调冷气或暖气环境及总在电脑面前的人要用相对滋润并且能持续保湿的面霜和乳液；而经常在户外活动的人，则除了要注意保湿外还要注意防晒。

◎ 爱提问的MM：

①面霜和乳液的适用区别大吗？

面霜主要适用于干性皮肤的MM，因为霜类一般比较滋润，而乳液则主要适用于混合性皮肤或油性皮肤的MM。当然，这只是个笼统的说法。现在有很多面霜和乳液都分滋润型和清爽型两种，所以面霜和乳液的适用范围将会趋向一致。油性皮肤的MM可以选择凝露类的面霜，而干性皮肤的MM可以选择滋润型的乳液。

②是不是既要买乳液也要买面霜呢？

乳液的质地比较清爽，同一个牌子的乳液比面霜会更清爽一些。乳液一般吸收会比面霜更快一点，但是没有面霜的滋润性强。很多品牌现在推出了一系列的面霜和乳液，白天可以直接涂抹乳液，晚上可以涂抹面霜加强保湿作用。其实一般来说，可以选择其中一种使用，但也要看具体的品牌，我们购买产品时可以向化妆品专柜售货员问清楚。

花花挑货语录

总的来说，挑选面霜、乳液需要注意日期、成分、颜色、香味、包装等几个方面。

选购时要先闻其味道，好的产品成分纯净，不需要浓重的香料来压抑产品异味。面霜装罐时，如果是填装技术良好、质地细致的成品，表层会呈现均匀光洁的样貌，一般不会有气孔出现。乳液和面霜搁置过久，除了有酸味、异味外，还会有油水分离现象，有些可能变成上下两层，有些带颜色的乳液还会产生颜色深浅不匀的情况。

好的保湿类面霜、乳液要求达到以下几个条件：含水度高，容易均匀铺开并且快速渗透到皮肤表皮，容易被吸收；保水度高，可以让滋润皮肤的成分被留存下来，不容易蒸发，维持皮肤的一定含水量；不油腻，油分含量少，有的还有控油效果。

面霜、乳液的保湿成分包括透明质酸、甘油、氨基酸、胶原蛋白、维生素原B5、果酸等。需要注意的是，甘油是传统的保湿产品成分，但它主要通过吸收外界水分来保持湿度，所以天气干燥的北方并不适合在补水不足的情况下直接使用。

美白类的面霜、乳液首先要成分安全，不刺激，不含酒精，性质温和。见效快的美白产品对皮肤的刺激相应也更大。而且美白类产品通常会不够滋润，应挑选含有容易吸收、保湿效果好的美白成分的产品。这些美白成分包括熊果素、传明酸、鞣花酸、左旋维生素C等。需要注意的是，某些美白成分容易氧化，要小心保存和使用。

抗衰老类的面霜或乳液质地一定要比较丰润，要好推均匀，易吸收，涂在脸上有光泽感。最关键的是，抗衰老类面霜、乳液要求保湿效果好。只有首先满足保湿效果好的条件，才能促进抗衰老成分的吸收。开始老化的肌肤除了水分不足之外，油分也开始减少，要充分滋润才能防止皱纹产生。 抗衰老成分包括维生素A、胶原蛋白、多肽和辅酶Q$_{10}$等。

● 面霜比较浓稠，呈膏体状，一般分为两种，一种含油脂相对较少，主要适合混合性皮肤、中性皮肤使用；另一种是具有滋润成分的，适合干性皮肤和敏感皮肤使用。两者除了从产品说明来区分之外，从外形也可以看得出来，如果比较稀的、像奶酪那样质感的，一般含的油脂不会很高；如果很黏稠并且有光泽，像黄油那样质感的，那么油脂含量肯定就高了。

● 乳液比面霜要稀一点，呈半液体状态，也分有高油脂型和低油脂型两种。除了看产品说明外，也可以在手背上试出油脂含量的高与低，如果涂上一会儿就吸收得干干净净的话，就说明是低脂的，适合中性皮肤、油性皮肤、混合性皮肤使用；如果涂上后或多或少有点光泽的，那么油脂含量就相对高了，一般适合干性和敏感皮肤使用。

● 冻胶通常是低脂、透明或半透明的凝胶，一般都是低脂型的，所以最适合油性皮肤使用了，另外也适合中性皮肤和混合性皮肤在夏天使用。要是干性皮肤和敏感皮肤的MM，可以把这类护肤品作底霜使用。

还有一种是修颜用的面霜或乳液，特别之处是它多添加了化妆品成分（俗称"粉底"），使用后有相对修饰面色和遮盖印痕的效果。

● 提醒长痘痘的MM：

抗衰老类的面霜或乳液要含有弹力纤维和胶原蛋白成分，这样才能起到修护和抗老的作用。有些MM可能认为自己的皮肤是油性，不用那么早考虑抗衰老，但是如果是长暗疮的MM反而更要注意提早抗衰老护肤，那些痘痘留下的印迹正是让皮肤组织断裂的入口，要提早使用含有弹力纤维成分的乳液来修护皮肤，干性皮肤则要选择含有胶原蛋白成分的晚霜。

ID：朦胧鸟
年龄：29 岁
脸部肤质：混合敏感性皮肤
所在城市：北京市

精选花花心得

我是典型的混合性皮肤，脸部T区油U区干，所以我会选择使用乳液，对于它的要求就是保湿和补水。我的心得是日间和晚间使用的乳液一定要分开，因为它们的功效是不同的。我要求日间使用的乳液应同时具有防晒的功效，虽然有时也会用单一功效的隔离或者防晒产品，但有时早起一犯懒就会只用含防晒功效的乳液了。我对于晚间使用的乳液的要求是具有修护功效的，因为已经到了该保养皮肤的年龄，所以要加倍呵护自己不是吗？

女性一过22岁就要进入护肤阶段，以前可能一瓶乳液或面霜就能解决问题，但过了22岁后日霜和晚霜就要分开使用了。而过了29岁还要再增加使用精华液，精华液起到皮肤修护、抗衰老的作用。

我想任何年龄、肤质的皮肤都需要做好皮肤的保湿工作。油性皮肤更容易缺水，所以要选择乳液来用，最好是含有水油平衡的作用的产品；干性皮肤要选择面霜；混合性的皮肤根据自己的皮肤和使用习惯来选择，也可以T区用乳液U区用面霜来调节。

美白需要慢功夫，有些面霜或者乳液可能只是起到润色的效果，只有持久使用并坚持防晒才能美白。我觉得想要达到美白效果只靠某一种护肤品是不够的。

在使用面霜、乳液方面，我很少用面霜，一般使用"乳液+精油"组合。早晨洗脸后把爽肤水轻拍在T区，然后涂薰衣草精油来调节脸部皮肤油性，在

U区则涂上奥莎迪Oshadhi的玫瑰果美白面油，最后再涂上乳液和防晒霜。晚上用晶露（花水）敷脸后，再用玫瑰果美白面油和保湿凝露，每隔一天用一次精华液，因为怕太营养了会长痘痘。

我在皮肤过敏的时候曾用雅芳AVON（美国化妆品牌）的保湿凝露做面膜，偶然才发现它有去过敏、保湿补水的功效。我的方法是晚上使用前先把它放到冰箱冷冻5分钟，然后在脸上敷厚厚一层，过10分钟后用化妆棉擦掉，再重新薄薄涂点就可以了。我使用后发现第二天过敏的地方不红了，摸起来小包也不那么明显了。

我还要推荐奥莎迪Oshadhi的薰衣草面油和玫瑰果美白面油，薰衣草有调节油性皮肤的功效，我一般都涂在T区，刚涂上会感觉油，但按摩一会儿就会吸收了。玫瑰果美白面油是为了消除痘痘印而买的，现在我婆婆都说我脸上的痘印变淡了。真开心啊。

我们不用护肤品对抗时光

——眼霜怎么挑

M_{ood} 花花心情

　　小时候上钢琴课，钢琴老师总是提醒我们，无名指没力气，要多加练习噢。无名指总是落后分子，可是在涂眼霜的时候，因为它的力气最小，而我们的眼部周围皮肤又特别娇嫩，所以无名指就成了英雄。千万不要恶狠狠去涂眼霜，无论是面对一点点细纹还是浓浓的黑眼圈，我们的动作都应该是轻轻柔柔的。

　　都说眼睛是最早透露出女人衰老秘密的部位，但是每一个拥有漂亮眼睛的女人都会告诉你：没有什么护肤品是真正能够对抗岁月的，只有细心、耐心地生活，才不会变老，只会成长。我们要用最小最小的力量，给自己一个暗示，不怒不怨不急，岁月可以让我们更美丽……

花花护肤语录

应该及早使用眼霜的MM：

其实选择眼霜和年纪是没有关系的，只和需要有关。眼霜对于大部分人来说都是必需的。在一些特殊情况下，应及早使用眼霜，一般来说从20岁起就要开始考虑使用眼霜了，25岁以前主要需要注重眼部保湿，25岁之后就要开始预防眼部抗皱抗细纹等问题了。当然开始使用眼霜的年龄也不是绝对的，每个人的肤质不同，用眼情况也不尽相同，所以就要根据情况选择适合自己的时期开始使用眼霜。以下三种情况者应该及早开始使用眼霜。

其一为极干性皮肤者，极干性皮肤在少女中为数较少。值得注意的是，大多数18～24岁的女性是中性皮肤，但中性皮肤容易在某些时候呈偏干或偏油状态，此时应采取特别的护理。

其二为季节因素，很多地方空气越来越干燥，尤其如今的全球暖冬现象出现频率增多，使很多地区的空气湿度越来越小，加上暖气、空调器的长时间使用，导致眼部皮肤容易出现缺水状况。

其三是用眼过度者，现代职业女性多数离不开阅读文字和使用电脑，再加上大量的报刊、影视光盘主宰休闲时光，眼部肌肉极度疲劳，导致眼周皮肤皱纹过早出现。

注重循序渐进型的MM：

年轻MM可以选择一些单纯保湿功效的眼霜，而过25岁以后就要开始使用具有轻微抗衰老功效的眼霜了，也可以开始用有修复作用的眼部精华素。

我觉得开始使用眼霜最晚应该在24岁，但现在很多年纪轻轻的小MM有的勤奋看书，有的离不开电脑，一个个都睁着双眼学啊看啊，再加上每天那么多的报刊、电影电视，眼睛都要忙不过来了，眼睛就特别容易疲劳，导致眼周皮肤皱纹和眼袋过早出现。此外，现代女性生活工作压力大，睡眠质量不高，经常熬夜，这些都会引起眼部皱纹过早出现，眼袋和黑眼圈的暂时甚至长久的出现。所以眼霜对于大部分人来说是生活必需品，要想保养出一个细嫩青春的眼睛可不容易啊。

顺其自然的MM：

我对眼霜最基本的要求就是保湿，保湿能防止很多皮肤问题的发生。刚开始我对眼霜的期望值真的很大，希望它能去黑眼圈、除掉细纹、去浮肿……渐渐的我发现，眼部皮肤问题不能单纯地依靠眼霜、眼膜来解决，还要调整个人的不良习惯。睡前喝水一定会导致眼部浮肿；经常熬夜会有黑眼圈；经常揉眼睛、眯着眼睛看东西，用手托着腮肯定容易产生细纹。如果这些不良习惯不改正，再好的眼霜也解决不了问题。眼霜只能起到辅助作用，充足的睡眠、健康的作息、优质的眼霜配合适当的按摩手法，这样JM们都会有一双漂亮的眼睛。

要求多多的MM：

我对眼霜的要求有点多，要其膏体细腻，成分安全，滋润好吸收；能预防黑眼圈，修复缺水造成的细纹，收紧提升眼角；具有防晒抗氧化功能，并且不可以长脂肪粒。为了满足这么多的要求，我都是同时预备了几瓶不同功效的眼霜。

希望眼霜防衰老的MM：

我对眼霜的要求是保湿、去细纹、收紧眼部皮肤。随着年龄的增大，眼部皮肤失水情况更加严重，并会伴随出现眼部皮肤松弛现象。都说女人年轻的时候最漂亮的是眼睛，年纪增大后最显得衰老的也是眼睛。我觉得女性护肤应赶早。补水紧肤很重要，如果出现细纹就代表皮肤已经向你提出松弛的信号。

花花挑货语录

◆ **挑选眼霜需注意**

○ 保湿。眼部皮肤比面部皮肤更容易干燥，因此需要保湿效果好的产品，并且要求能长时间锁水，才可以预防干纹的产生。

○ 清爽，易吸收。眼部皮肤只有面部皮肤的三分之一厚，眼霜要清爽不油腻皮肤才容易吸收，且不会长脂肪粒。

○ 成分安全。不刺激眼部皮肤，能够舒缓眼部疲劳。

◆ **精华液要配眼霜**

眼霜和眼部精华液的效用和特点有所不同。精华液的分子更细小，配合高科技传导技术，可以使有效成分深入至皮肤基底层、真皮层，对于抗老、紧实有更扎实而长远的效果。而眼霜分子较大，可以停留在表皮层，守住水分。两者都是打造完美眼部肌肤的需求。

与眼霜相比，眼部精华液少了增稠剂、乳化剂成分，因而质地更为清爽。尤其是减少了增稠剂后，其触感更清透，渗透更快速，且不会有黏腻的感觉。而且少了增稠剂、乳化剂等这些其实没有营养的制剂辅料，精华液的保养成分可以更精纯，让效果更快速显现。

当然，眼霜和眼部精华液的功效虽各有强项，但精华液也不是全能的。精华液虽然营养价值高，胜在渗透力与浓度方面，但保湿作用却不佳，不建议单独使用。眼部精华液还是必须与眼霜或眼胶搭配使用，利用眼霜或眼胶的锁水因子将精华液的营养守在肌肤里，达到最佳效果。

眼霜是粮食，眼部精华是补品。粮食是人每天的必需品，建议年轻MM要尽早使用眼霜。到了近30岁，皮肤的抵抗力就会下降，该适当给皮肤"进补"，要开始使用眼部精华液了。

○ 清爽度：眼部精华液 > 眼霜

○ 活性成分浓度：眼部精华液 > 眼霜

○ 保湿度：眼霜 > 眼部精华液

◆ 眼部精华液成分

○ 抗衰老眼部精华液：含有能够消除动态表情纹的类肉毒杆菌（又称"六胜肽"）、刺激胶原蛋白形成的五胜肽等。

○ 改善黑眼圈眼部精华液：常见成分有维生素K、HSN铁离子代谢素，或是促进血液循环用的植物萃取液。

◆ 早晚都要用眼霜

每天早晚一定要用眼霜，还可以在午睡做面膜时顺带在眼睛周围涂上一层厚厚的眼霜，这样的功效相当于敷眼膜哦。当然这样是有点儿浪费哦。

大忙的时候上眼睛睡觉，钢琴老师总是提醒我们，无名指没力气，要多用力弹……

都是咖啡惹的祸！咖啡因慢慢透漏出女人衰老的密码。

给自己一个暗示，不骄不躁不急不忙，岁月可以让我们更美丽。

ID： 飘零水晶	
年龄： 25 岁	
脸部肤质： 混合偏油性皮肤，鼻翼两侧毛孔粗大	
所在城市： 山东省济南市	

精选花花心得

我每天早晚都会使用眼霜，而且早晚的侧重点不同，白天针对保湿，晚上则针对眼部皮肤的修复。

白天我会先擦上薄薄的一层倩碧Clinique（美国著名护肤品牌）眼部护理水凝霜，它的功效是保湿，之后再用倩碧水嫩保湿眼部凝胶来锁住水分，这样既能够针对消除黑眼圈，同时也达到了眼部保湿补水的效果。

晚上我会先用雅诗兰黛Estee Lauder（美国著名化妆品及美容、香水品牌）眼部修护精华霜打底，分别把精华霜点

在外眼角、内眼角和这二者的中间三个位置，由外眼角轻轻向内眼角拍打眼霜至均匀，而后轻柔按摩眼部周围皮肤，接着再涂上倩碧的眼部护理水凝霜。这是因为晚上是修复皮肤的黄金时间，所以最适合使用眼部修护精华霜来进行按摩保养。

我一般把佳丽宝Kanebo（日本著名化妆品牌）的美目舒活精华当作眼膜来使用，具体方法是先用保湿水浸透眼膜纸，然后厚厚地涂上一层这款精华，这样做的主要目的是给眼睛补水。个人亲身体验后，觉得这样的使用方式补水效果真的很不错呢。

我是从21岁开始使用眼霜的，一直听说脸部的初期抗衰老一般从25岁开始，但是眼部的皮肤更为娇嫩，所以对眼部的护理应该更早开始。如果是要经常面对电脑的MM，就更需要重视对眼部皮肤的呵护和保养了。在刚开始进行眼部护理时，可以使用一些具有单纯保湿效果的眼霜。

我对眼霜最基本的要求就是清爽！眼部皮肤非常薄，而过于滋润的眼霜可能会导致眼部皮肤无法吸收保养成分，造成营养过剩，进而长脂肪粒。因此，在保证眼霜质地清爽的基础上，应再根据需要（例如美白、保湿或抗衰老的需要）来选择合适的眼霜。

花花推荐

①欧莱雅L'ORÉAL眼周护理乳霜

这是我用的第一瓶眼霜，当时看到这个粉红色乳霜闪亮亮的，就很喜欢。据说这款眼霜能去黑眼圈和眼袋。但是无论如何，我睡不好黑眼圈还是会有，睡前喝了水第二天眼袋也还是会产生。

效果：★★★

②佳丽宝Kanebo美目舒活精华

我很喜欢这款产品清淡的味道，啫喱质地很容易吸收，补水效果不错，还可以用来做眼膜，很适合对付我眼睛周围的小干纹。这款产品的性价比也很高呢！

效果：★★★★

③雅诗兰黛Estee Lauder特润修护精华露

这是一款具有修复功能的眼霜哦，很适合晚上打底使用。这款精华露质地也是有一点黏稠，擦上后有滑滑的感觉。作为初期眼部抗衰老产品，正适合我现在用，会继续用下去。

效果：★★★★

④倩碧Clinique水嫩保湿眼部凝胶

这款凝胶的主要作用是锁水，感觉非常清爽，很容易推开，皮肤吸收迅速，啫喱质地不会给眼睛周围皮肤造成任何负担，我很喜欢。

效果：★★★★★

⑤倩碧Clinique眼部护理水凝霜

乳霜状质地却不黏稠，是一款保湿效果很不错的产品，配合清爽的倩碧Clinique水嫩保湿眼部凝胶使用，补水之后再锁水，两个步骤轻松完成眼部皮肤的保湿工作，早上配合使用还可以改善眼部浮肿问题。

效果：★★★★★

珍惜一小瓶比拥有一大瓶还幸福

——精华液怎么挑

M花花心情

一部老电影，说的是但凡使用"第九号爱情香水"，可以让闻到香味的人马上爱上你。

这个关于香水的神奇传说固然浪漫，但是要实际操作起来恐怕很麻烦，带着这样一瓶香水寻找爱情，肯定总是阴差阳错，麻烦得不得了。

但无论如何，这种美丽而奇幻的故事都是大家所憧憬的。我们都期盼着有那么一小瓶神奇的液体，静静地装在水晶瓶子里，价格昂贵，但毋庸置疑的是——它对于美容具有惊人确切的效果。

精华液也许就是为这样的愿望设计诞生的。提取最好的、最有效的成分，浓缩在一个小瓶子里。

有时候我们会很奢侈地想，要是能把精华液厚厚地在脸上涂一层，而不是像现在这样小心地抹在皱纹上，那该多好啊。

其实谁知道呢，也许到了那个时候，就会有更神奇的产品出现了。幸福总是相比较而言的，所以珍惜现在的一小瓶，比拥有一大瓶还要幸福呢。

花花护肤语录

节约型的MM：

我已超过25岁，皮肤状况一般。虽然目前看不出什么皮肤衰老的迹象，但个人认为防患于未然很重要。我会在晚间使用一些抗衰老类精华液；在皮肤特别干燥时使用保湿类精华液；在强烈日光或其他原因出现斑点时，会在斑点处重点使用美白精华液。

未雨绸缪型的MM：

①虽然我现在只有24岁，但是岁月不饶人啊，小细纹、干纹和色斑已经在不知不觉之间爬上了眼角眉梢，因此我

从现在开始使用精华液。在特别疲劳的时候还会用一些有恢复作用的精华液，平时就用一些有紧致或者美白效果的精华液。

②在日常护理中，本人一直在使用精华液。对于过了25岁，或者皮肤比较干燥的MM来说，一款保湿补水精华液是必不可少的；而对于有抗衰老或者美白要求的人来说，一款功能强大的精华液的作用，要远远胜过单纯只用乳液或面霜的效果。

③我每天都会用精华液，有的MM认为只有年龄大的人才可以用精华液，

我觉得这是种误解。精华液的功效有很多种，如美白、保湿、抗衰老、去皱等，可以根据自己肌肤的需要来选择适合自己需要的精华液。年轻的MM不需要过早地开始抗老和去皱，不过保湿和美白的工作就一定要做好了。

○ 精打细算型的MM：

①虽然我知道精华液分子小，营养成分高，不过因为爱偷懒，并不是每天使用。30岁以下的MM可以根据自己的需要（如补水、美白、去斑等）选择一款精华液，每周使用1~2次就可以。换季时可以酌情增加使用次数。

②我不是每天都会用精华液，会视我的皮肤状况而决定，通常晒黑了就会连续早晚使用一个月的美白精华液集中美白；冬季干燥脱皮了就连续用一段时间的保湿精华液；夏季黑头多、毛孔大的时候会在晚上用具有收细毛孔效果的精华液。

③精华液对我来说是必需品，而且

我相信配套使用才可以达到很好的效果，所以我都是把精华液和同系列的面霜搭配使用。

○ 讲究护肤步骤的MM：

①使用精华类产品的一般步骤规律是哪个质地薄就先用哪个，当然也有些精华类产品会特别说明要用在所有护肤程序的最前或最后的，没有一定的规矩。我建议每次不要使用超过两种类型的精华类产品，当然可以两种类型精华类产品组合使用，比如"美白精华＋保湿精华"组合或是"抗衰老精华＋保湿精华"组合。我首先推荐以下7款精华类产品：茵芙纱ÍPSΛ（日本化妆品牌）的保湿精华液、茵芙纱ÍPSΛ的美肤精华液、欧蕙O HUI（韩国LG旗下高端化妆品牌）的美白精华液、欧蕙O HUI的六角晶凌修护精华液、迪奥Dior的花蜜活颜亮肤美白精华液、倩碧Clnique的宛若新生柔肤精华露和雅诗兰黛Estee Lauder特润修护精华露。以

上7款精华类产品有保湿、美白、抗衰老三种类型的。当然不可能是指七种精华一起用，这实在有点难以想象，我这里是为了说明精华类产品使用步骤的先后关系。先后顺序如下：首先是茵芙纱ÍPSΛ的保湿精华液，然后接下来的顺序是倩碧Clnique的宛若新生柔肤精华露、雅诗兰黛Estee Lauder特润修护精华露、欧蕙O HUI（韩国LG旗下高端化妆品牌）的美白精华液、欧蕙O HUI的六角晶凌修护精华液、迪奥Dior的花蜜活颜亮肤美白精华液、茵芙纱ÍPSΛ的美肤精华液。以上精华类产品使用次序基本上是按照质地从轻薄到厚重排序的，不过也有例外的，就是茵芙纱ÍPSΛ的美肤精华液，这款精华是给真皮层补水的，要用在所有精华的后面。

②我是个使用精华液的忠实支持者，经常会同时使用两种精华液，常用的是"美白＋保湿"诉求的组合。一般使用的顺序都是"美白→保湿"；如果再加上抗衰老精华的话，会先用抗衰老类，接着是美白类，最后是保湿类。

这样的排列顺序是根据每种不同精华液能够深入皮肤的层次不同程度而定的。抗衰老精华液可以深入到皮肤的最里层，也就是真皮层，它的分子是最小的，所以要先用；美白精华液的作用范围在表皮层；保湿精华液滋润的是皮肤的角质层，所以要根据从内到外的顺序使用，皮肤才能够完全地吸收精华液的营养成分。

我不太推荐同时使用三种或以上的精华液。如果使用两种精华液，建议还是选择比较清爽、便于吸收的产品吧。

花花挑货语录

◆ 神奇的精华液

精华液按成分来区分，大致可分成以下五类。

①动物精华液。如骨胶原精华液、貂油精华液，此类精华液性质温厚、养分充足，适用于干性肌肤，人们熟悉的胶囊装精华液一般就是使用这类的成分。

②维生素精华液。针对性较强，但不少维生素都是水溶性的，如果不用按压密闭式小瓶的方式进行包装，其浓缩成分的生物活性会大打折扣，在购买时应特别注意。

③植物精华液。对皮肤刺激小，各类皮肤都适用。

④果酸精华液。具有较强的毛孔收敛功效，可使肌肤紧致光滑，但过敏性肤质不适用。

⑤矿物精华液。可以补充皮肤所需微量元素，比较适合工作繁重、压力大的女性使用。

按精华液的功效来区分，大致可分成以下几类。

①保湿类。吸收快，使用后明显感觉皮肤饱和度、含水量增加，并且在短时间内不涂乳液的情况下不会觉得瞬间就干掉。使用乳液后的保湿效果越长越好。如果质地丰厚，就注意不要太油腻；如果质地轻薄，就必须具备较好的保湿力。

②美白类。质地温和，效果显著，不容易引起过敏，对斑点或肤色暗沉有实际改善作用。如白天使用，质地不要过于厚重。

③抗衰老类。质地温和（尤其适合敏感肤质），不能立竿见影，而是使用

后能慢慢感觉到肤质有明显改善。皮肤光泽度、细腻度增加，有健康新陈代谢的迹象（如痘印淡化等）；同时能去除假性皱纹，淡化真性皱纹。

精华液三大特征：成分精纯，精华液蕴含了一个品牌在某一护肤领域的最高研究成果，是各品牌明星产品成分的萃取精华；因高效成分的介入，功效更强；"钻石"般的售价，精华液的瓶身比较小，价格却是同系列产品中最贵的。30ml就要卖到成百上千元，是护肤品中最昂贵的系列产品。

◆ 精华液使用学问多

○ 何时开始使用精华液

没有一个明确的年龄划分。每天坚持基础保养，肌肤还是回不到你要的状态，或者改善的速度与你的期望相差太远，这时候你就应该考虑求助于精华液了。一般来说，补水精华液是肤龄超过25岁的人的必备品，而其他类型的精华液（比如美白、抗衰老等）则需要根据自己的肌肤状况选择。

○ 在使用化妆水后使用效果更好

一般情况下，精华液大多存放在小瓶中，可随时取用（油性肤质适合使用精华液）；精华露比精华液稍浓，水油成分比例适中（中性肤质适合使用精华露）。不论是何种类型的精华类产品，在使用化妆水后使用的效果更好，这是因为化妆水能够帮助清洁后的肌肤形成皮脂膜，去除老旧角质，从而更好地吸收精华类产品的营养。不过也有少数精华液例外，一些质感比化妆水更轻盈的产品，是要用在化妆水之前的，在产品说明中会标出。

○ 用量因人而异

夏季的用量比冬季少些，容易出油的T区不要用太多。或按照说明书上的用量使用就可以，自己也可以灵活把握一下。

○ 不是所有精华液都适合全年使用

除了参考产品的使用说明，还要从自身肌肤的需求出发控制使用频率。比如，对于极干性皮肤来说，长期使用补水精华液才能保持肌肤水分充足的状态，这时候全年使用是没问题的。如果换季的时候肌肤才会干燥，那么只在季节交替时使用补水精华液就可以了。

精华液毕竟是高浓度的精华产品，如果肌肤没什么问题，它就是鱼翅燕窝，长期吃也没什么好处；而当肌肤有某方面强烈的改善诉求，它就是良药，应该坚持使用直到完全好转。

○ 尽量不同时用多种精华液

凡事过犹不及，给肌肤过度的营养，同样有害无益。

护肤必须从自身需求出发。而大部分人对自己肌肤的要求都非常苛刻，于是就有了不少"美容狂人"。静下心来看看镜中的自己，是否真的存在那么多的肌肤问题，如果回答肯定，当然可以连续换用不同种类的精华液。需要提醒的是，不管一年内换用多少种精华液，一定要保证每种使用1个月以上再更换。

如果你确定两种类型的精华液都不会刺激皮肤，我们也不建议同时使用，因为它们很有可能相互影响，使效果降低。如果很想"混搭"的话，你可以早晚分别使用其中一种。

○ 不管是选购哪种类型的精华液，首先要吸收好，要适合自己的皮肤

①保湿精华液，补水保湿的效果明显，使用后感觉清爽，吸收快。晚上使用后，早上仍能保持水嫩光滑的感觉。

②美白精华液，有抑制黑色素的作用，可以修复晒后的皮肤。

③抗衰老精华液，含有胶原蛋白和弹性纤维成分，对皮肤有提拉紧致的作用。

○ 买不同类型的精华液对其效果要求的侧重点是不同的

①保湿精华液，质地轻薄，容易吸收，味道不浓，不含酒精。

②美白精华液，28天内看得到美白效果。

③抗衰老精华液，味道不浓，感觉不厚重、不油腻，使用后不长脂肪粒。

ID: 第三棵树
年龄: 29 岁
脸部肤质: 混合性皮肤
所在城市: 广东省佛山市

精选花花心得

我觉得精华液是皮肤的补品，皮肤出现需要改善某些问题时就是使用精华液的时候了。我建议凡是25岁以上的MM都应该使用保湿精华液，同时可以考虑选择配合一款具有轻度抗衰老功效的精华液；30岁以上的MM就应该用到抗衰老功效的精华液了，美白精华液则是根据自己皮肤的需要而选择的。

使用精华液基本上没有年龄、皮肤类型的限制。在挑选精华液的时候，要针对你想改善皮肤状况的需要，选择精华液的功能。

①保湿精华液适合一年四季用，对保湿精华液的要求是吸收好，能有效解决皮肤缺水问题，让皮肤保持滋润8小时以上。

②美白精华液是姐妹们最喜欢的精华液类型了，到了夏季，几乎每个MM都会用到它。夏天气温高，对美白精华液的要求是吸收快和清爽，能淡化日晒引起的皮肤黑色素，让皮肤恢复亮白。

③抗衰老精华液可以促进胶原蛋白再生，抚平皱纹和细纹，解决缺水、老化、暗沉、毛孔粗大等多种皮肤问题，让皮肤恢复活力。很多美白精华液和抗衰老精华液都会含维生素C、维生素A和果酸。精华液虽然是见效快的护肤品，但是皮肤的代谢是有一个过程的，要是起效太快的产品最好就不要用了，担心会给皮肤添加了一些有害的成分。例如含果酸的精华液，果酸浓度低的产品效果会不太理想，果酸浓度高的产品见效虽快，但是会让皮肤变得敏感，甚至会灼伤皮肤。所以我建议

最好在有专业美容导师指导下用果酸产品。

皮肤比较薄和敏感性皮肤的MM在选购精华液时要注意产品成分，在购买前最好在耳后的皮肤先试一下，看是否会产生过敏反应。敏感皮肤的MM最好选择从植物中提炼的精华液，如海藻精华液、玫瑰精华液、金盏花精华液等。

精华液是高浓度的保养品，用量都有一定的标准，我不赞成同时用两种以上类型的精华液。建议想进行多方面保养的MM可以分时段使用不同类型的精华液，比如白天使用保湿精华液，晚上使用美白精华液或抗衰老精华液。或者按季节需要进行变更，比如夏季最想解决皮肤被晒黑的问题，就使用美白精华液；秋冬季要解决皮肤干燥问题，就使用保湿精华液。建议同一种精华液用上30天以上才考虑更换，精华液更换得太勤，不但功效没有得到发挥，还会增加皮肤的负担。

下面我向大家推荐几款自己正在使用的精华液产品心得。

保湿精华液。虽然我明白我这样的年纪应该需要用到这类的精华液，但是到现在还没尝试过，所以就没办法推荐了。

美白精华液。我现在迷上了精油护肤，而精油是渗透性很强的东西，我就私自将之纳入精华类了。这里推荐的是一款我正在使用的产品奥莎迪Oshadhi嫩白淡斑面油（A5805号）。

配方：土耳其玫瑰精油，玫瑰天竺葵精油，花梨木精油，玫瑰果精油、荷荷芭精油、甜杏仁精油、杏仁核精油。

介绍：玫瑰果精油可促使肌肤再生并可达到淡斑、保湿的功能，土耳其玫瑰精油能有效润泽与嫩白肌肤，长葆肌肤紧实与弹性，并可有效地促进肌肤再生；天竺葵精油能有效地去除痘疤、修护伤口，并使肌肤达到明亮的效果；花梨木精油可以起到消炎镇静的作用。

评价：美白效果虽然不明显，但是

去痘印非常不错。

○ 抗衰老精华液我推荐以下两款我目前最喜欢的产品。

①奥莎迪Oshadhi紧实再生面油（5800号）。

配方：天竺葵精油、乳香精油、花梨木精油、玫瑰果精油、荷荷芭精油、甜杏仁精油、杏仁核精油。

介绍：适用于脸部及眼部，能有效去除眼部的细纹，使疲惫及老化肌肤再生，防止皱纹、老人斑，提高组织再生能力。

②杜克Skin Ceuticals（美国药房护肤品品牌，杜克左旋C系列产品在世界16国销售，在皮肤抗老化领域得到了极高的评价）E＋C＋F（维生素E＋维生素C＋阿魏酸）复方强效精华液，成分简单有效，凭借杜克的强大实力，对消除细纹、抗衰老口碑不俗，特别适用长时间曝晒于阳光下活动、熬夜、干性肤质或肌肤老化症状明显者，适合在白天与防晒霜一同使用，可提供肌肤最完善的光保护效果。但由于是高浓度产品，还是要提醒大家注意过敏问题。这款产品价格很高，所以还可以选择杜克的其他产品，例如C＋E（维生素E＋维生素C）精华液，或者15%的左旋C精华液、20%的左旋C精华液，价格相对便宜，而且效果也不错。

不爱那么多，只爱一点点

——去角质产品怎么挑

花花心情

有一种病，叫"去角质产品依赖症"，用过一次去角质产品还想用，因为觉得皮肤变得好好啊。

有一种病，叫"小镜子依赖症"，就是包包里面放一面小镜子，总是拿出来照一下自己，先看看口红，然后看看眼影，过了一会，又拿出来，想看看蝴蝶发卡是不是还在原来的位置上，因为很想确定自己是不是处在"安全"的状态里。

还有一种病，叫"手机依赖症"。

还有一种病，叫"爱情依赖症"。

这些病都是一种难以自拔的依赖，最好，不要病得太厉害。

很多东西，不爱那么多，只爱一点点，最好。

花花护肤语录

Quotes

○ 各位姐妹，25岁以后一定要使用去角质产品哦！此外还要根据皮肤类型选择去角质的频率，一般中性—油性皮肤每周一次，中性—干性皮肤两周一次即可。

○ 我是敏感性皮肤，也会做去角质的护理。由于我脸颊皮肤很薄。每两周做一次全脸范围的去角质，每周做一次脸部T区的去角质面膜。以前我曾经每周用一次去角质产品，使用后两颊处都要泛红1~2天才能退去，才知道是因为去角质太频繁了。现在我在去角质之后一定会再敷补水面膜，我总感觉去角质次数多了皮肤会变干，不知道其他姐妹们有没有这样的感觉。

○ 我认为去角质特别重要，毕竟它也是一道皮肤的清洁程序，而且去角质对去除皮肤暗黄及老化感很有效果。我今年26岁，平时经常对着电脑工作，而且经常化妆，所以很注重去角质的这个步骤。我基本保持每三周一次的时间间隔，因为频繁去角质会伤害皮肤。对于去除身体老化角质，一般是一个多月一次，脚部一般是半个月一次。

○ 我是混合性皮肤，夏季脸部T字部位一周做一次去角质清洁，面颊则每隔三周一次，有时也会根据皮肤状况而定。

○ 我是干性皮肤，一般夏季一周用一次去角质产品，冬季脸部和脖子两周一次，身体一周一次。我觉得油性皮肤的MM去角质的次数可以适当增加。虽然说去除多余、老化的皮肤角质可以使皮肤看起来通透，帮助皮肤更好地吸收保养品，我的看法还是比较保守，因为皮肤自身就已经具有新陈代谢的功能，还是不要太过于频繁的好。

○ 我是混合性皮肤，夏天比较油，所以平时如果皮肤没有其他问题（比如长痘痘）一般一周一次。

○ 当然要使用哦！每个星期一次。去角质十分重要哦！尤其是对于混合性皮肤和像我这样的"大油田"皮肤，去角质可以预防毛孔堵塞，减少痘痘的生成。

○ 我两颊偏干，去角质一般都是两周一次。有时感觉脸部T区冒点小油，皮肤代谢比较旺盛，会单独在脸部T区进行去角质。身体去角质则在沐浴时同时进行。我觉得油性皮肤去角质的频率一周不要超过一次，中干性肌肤可以两周一次，混合性皮肤最好对脸部T区、U区区别对待。冬季去角质的频率要低于夏季。此外，如果平时每天都使用一些促进老化角质脱落的产品（如含有水杨酸的美白柔肤水，或含有其他温和去角质成分的美白产品），可以适当减少使用去角质产品的频率。

Guide 花花挑货语录

◆ 最常规的去角质产品挑选法

◎ 如果要把我对去角质产品的选择要求标准排序的话，我会以品牌、性质温和味道淡薄、适合自己的肌肤（通常会做皮肤测试）、生产标准批号、性价比排序来作为选择标准。使用后感觉有效是重复选择的标准。

◆ 你还敢用磨砂类的去角质产品吗

◎ 去角质产品最常见的方式是通过利用含有的磨砂的成分将脸部堆积的死皮磨去，但我本身的皮肤就比较薄，不适合这种去角质的方式。所以我对去角质产品的第一要求就是温和，不伤皮肤，最好就是没有磨砂粒的，当然其去角质功效一般不如磨砂类的好。

◎ 对于去角质产品，除了要求其温和，不刺激皮肤，能有效去除角质，我还希望在使用后不让皮肤干涩，紧绷。不管是什么皮肤，都不要使用过于强力和刺激的材料和方式，如果去角质后保养工作不适当，只会使皮肤越用越差，慢慢变得粗糙。

◎ 以前用过磨砂类的去角质产品，当时觉得很舒服过瘾，使用后皮肤也会变得很光滑，但实在是很伤害皮肤，而且还会脸颊发红，实在太糟糕了。

◆ 啫喱状、水状、化妆水类、面膜类的去角质产品比比看

◎ 我偏爱按摩式的去角质产品，感觉性质比较温和不刺激；身体去角质喜欢用水状的；脚部则可以用颗粒较细的磨砂。

◎ 我比较喜欢啫喱状或水状的去角质产品，尤其是啫喱状，刚搽上脸就感觉凉凉的，然后在脸上慢慢打圈，把角质

都搓出来，好有成就感啊，而且使用后皮肤不干还水嫩嫩的。

◎我喜欢啫喱状的去角质产品，比较温和。磨砂状的去角质产品只用在身体的关节处。

◎我以前用过啫喱状的去角质产品，但是看到啫喱最后被搓成一条条的泥状（啫喱状的作用原理就是靠搓成这些一条条的泥状物质来带走角质），感觉化学成分偏高，对皮肤不够安全。此外，我只在肌肤状况不太好的情况下使用水状的去角质产品，一定要去角质的话，我更推荐使用含去角质功能的化妆水擦拭。

◎使用啫喱状的去角质产品，2～3周使用一次即可；水状去角质产品可以用于日常轻微去角质，每天都可以使用。但是要注意其浓度不能高。

◎我喜欢使用去角质功效的面膜，边敷面膜边去角质一举两得。我觉得做面膜本身就是一种享受，用这种方法去角质，感觉很彻底，也很安全。具有去

角质功效的面膜里含有的矿物质火山泥和海底泥成分，能有效软化老化角质，用温水即可清洗掉被软化的角质。使用前，我一般先敷保湿水或者柔肤水的纸泡膜，接着使用去角质面膜，清洗完面膜后再使用化妆水和乳液来补充肌肤水分。

◎我没有特别偏爱的去角质类型。磨砂状的去角质产品要求是所含的颗粒细腻圆润，啫喱状和水状的去角质产品则要求性质温和，不含酒精成分或酒精含量较低。

◎这三种类型的去角质产品我都曾经使用过，各有各的用途和优点，我都很喜欢。清洁脸部T字部位和用作身体去角质时，我使用磨砂状的去角质产品；啫喱状的去角质产品可以全脸使用；每天都会使用具有去角质功效的化妆水；现在比较倾向使用具有磨砂颗粒美白面膜来去除角质。

◎我偏爱啫喱状的去角质产品，一般"正式"的去角质工作都是用它来

进行，我都是全脸使用，感觉相比较磨砂类产品更温和，相比较水状的产品则更有力道。我的推荐是每两周使用一次The Face Shop（韩国护肤品品牌，在韩国有"自然主义化妆品"之称，目前尚未进入内地市场，香港有售）浪漫莲花去角质啫喱，每周在脸部T区使用薇姿VICHY（法国药房专柜护肤品，其专利配方是将薇姿温泉水与经大量试验研制出来的高科技健康活性分子相结合）油脂调护洁面磨砂啫喱。

◆ 专家告诉你有关去角质的知识

◎ 到底应不应该去角质？

首先，我们要了解角质层。角质层位于皮肤的最外层，具有保护皮肤、锁住水分的功能。原本应该自然代谢的角质，会因皮肤老化、清洁不彻底、日晒、出油、作息改变、天气变化等种种原因，变得无法正常自然代谢。老化角质堆积在皮肤表层，使皮肤显得粗糙暗沉，还影响水分的补给和护肤品的营养成分的吸收。去除粗糙角质，可使皮肤显出细嫩光滑的质感，细胞再生更加顺畅。因此，适度去角质在皮肤的日常护理中尤为重要，除了可以感受肌肤平滑的触感，还可促进护肤品成分更容易被肌肤吸收，进而维持皮肤的正常新陈代谢，使得许多肌肤问题都可以或多或少地获得改善，或延期出现。所以说，去角质是护肤的必修课。

◎ 如何判断脸上是否堆积了过多老旧角质呢？

皮肤自己会用两个最显著的信号来提醒你：是该去角质的时候了！

①皮肤看起来有些暗沉，摸起来有点粗糙不平滑；

②在使用精华液和面霜时，感觉很长一段时间内，护肤品都"浮"在皮肤表面而不能迅速被皮肤吸收。

◎ 应该多久去一次角质呢？

针对不同类型的皮肤，我们有以下不同的建议。

①干性皮肤：干燥的皮肤新陈代谢比较缓慢，适合一个月去一次角质。

②油性皮肤：肤色暗沉、发黄的油性皮肤，角质层比较厚，去角质频率可以频繁一些，一般可以一周去一次角质。

③混合性皮肤：脸部T区油腻而面颊干燥的混合性皮肤，采取分区去角质的方式。油腻部位可选择一周一次，干燥部位可选择2～3周去一次角质。

④问题皮肤：有青春痘困扰的问题皮肤，并不需要特别去角质，只需使用专门的去痘产品疏通毛孔中的角质堆积，抗菌消炎即可。

⑤敏感性皮肤：敏感性皮肤的自身抵抗力比较差，角质层很薄，不建议去除角质。

温馨提示大家，过犹不及，去角质也不能过度哦，过于频繁反而会让皮肤变得脆弱敏感。同时，过度地使用化学产品代替皮肤自身的代谢工作，会破坏皮肤自我保护的环境。还得注意的是，眼部周围的皮肤比较娇嫩，因此眼部周围不建议使用去角质产品。

◆ 去角质产品深入大剖析

○ 按照去角质产品的强度排序，依次为磨砂膏型、面膜型、乳液型、化妆水型，从前到后表示使用频率要依次降低，肤质越干越脆弱的也尽量要选择强度较小的去角质产品。

①油性皮肤建议使用磨砂型、化妆水型、面膜型、乳液型去角质产品。

②混合性皮肤建议使用磨砂型、化妆水型、面膜型、乳液型去角质产品。

③中性皮肤建议使用磨砂型、化妆水型、面膜型、乳液型去角质产品。

④干性皮肤、成熟老化肌肤建议使用化妆水型、面膜型、乳液型去角质产品。

⑤青春痘皮肤建议使用化妆水型、乳液型去角质产品。

⑥敏感性皮肤建议使用化妆水型、乳液型去角质产品。

○各类型去角质产品的介绍

①磨砂型去角质产品

质地：霜状或凝胶状，其中含有磨

砂小颗粒。

选择原则：干性皮肤适合霜状，油性皮肤适合凝胶状。

去角质原理：以颗粒按摩的方式去掉多余的角质。

选购重点：包装上有Scrub gommage英文标示字样为磨砂膏，有Gelexfoliant英文标示字样为去角质凝胶。

使用方法：洗脸后，用磨砂膏按摩脸部，用清水洗净。

②面膜型去角质产品

质地：膏状。

去角质原理：利用面膜覆盖皮肤，使皮肤温度升高后软化并黏附角质，冲洗时，粗厚的角质便随之脱落。

选购重点：英文标示字样为Scrub mask，或是去角质产品包装有Mask英文标示字样，就是面膜型。

使用方法：将适量面膜涂在清洁后的脸上，避开眼睛四周；待面膜干后用清水洗掉。

③乳液型去角质产品

质地：乳液状。

去角质原理：利用丰富的维生素C或天然海藻成分，溶解角质层老化细胞，去除皮肤中聚集的黑色素及粉刺。

选购重点：英文标示字样为Brushing，表示是以搓揉方式去角质的产品。

使用方法：将之涂在角质较粗硬的部位，停留1～2分钟后，用手指轻轻搓去粗糙角质，再以清水洗净或是用温水浸湿化妆棉擦拭干净。

④化妆水/美容液型去角质产品

质地：液状。

去角质原理：利用产品中的水杨酸、果酸成分，溶解角质层，并深入皮肤促进皮肤的新陈代谢。

选购重点：选择包装上有英文标示为Relealing lotion、Exfoliant lotion的产品。

使用方法：用化妆棉蘸取产品后，在脸上擦拭即可。

ID: aimini99
年龄：20 岁
脸部肤质：混合性皮肤，有痘痘问题
所在城市：广东省广州市

我推荐欧莱雅L´ORÉAL净界深层去角质洁面啫喱，它能洁净肌肤，减缓肌肤再次油腻，持续净化；在去除污垢、多余油脂和老废角质的同时，防止痘痘和粉刺的形成。

精选花花心得

我是混合性皮肤，自从了解到每个月应该做1～2次的去角质后，我每个月都至少会使用一次去角质产品。我对去角质产品的基本要求就是：温和，能去掉角质使脸部显得明亮，但又不会使皮肤过敏的。我喜欢有颗粒的去角质产品，但是颗粒不能太粗大，否则使用时皮肤会有疼痛感。同时我是混合性皮肤，所以我也会配合使用磨砂类和乳液型的去角质产品。

有有螨虫卡卡不是不是还有脱米的位置上，因为很肯定自己是不是处在"安全"的状态里

很多东西，不爱那么多，只爱一点点，最好

用过一次去角质产品还想用，因为觉得皮肤变得好好啊

把一整块的快乐时光存起来

——面膜、眼膜怎么挑

花花心情

Mood

　　在线聊天的时候接电话，吃饭的时候看电视，走路时和朋友聊天，看报表的时候喝水，只有敷面膜的时候，咔咔咔，一切伴随性活动都停止了。

　　所以在工作很忙的时候，看到包包里放着一片面膜，就会觉得很踏实——看看吧，我已经给自己留出15分钟休息时间了，随时可以享受一下。

　　绿茶味、玫瑰花味、牛奶味、美白、补水，总之都是美好的词汇。

　　看看自己化妆台上，一片片、一包包、一瓶瓶的面膜产品，真好。这些都是我们储存起来的，宁静的时光、享受的快乐以及可预期的美丽。

花花护肤语录

我比较喜欢免洗型的面膜，首先是因为使用方便；其次我是混合性肤质，有一些过敏现象，水洗型面膜虽然清洁效果好，但是生产厂家为了保存其中营养物质的有效成分，往往会在产品内加入较多的防腐剂，所以敏感型的肌肤应该谨慎使用。我也喜欢免洗型的眼膜，可能是自己的心理作用，担心在清洗的过程中会让产品进入眼睛，所以我一般喜欢用那些直接涂上去而不用再清洗的眼膜。

我最喜欢水洗式面膜，水洗式面膜性质比较温和，遗憾的是补水效果却不太理想。无纺布面膜在很多方面都不错，质量好的无纺布面膜精华液都非常丰富，补水、紧致、美白的效果都会很出色，而且基本所有无纺布面膜都是真空独立包装的，再次污染问题可以不用考虑。唯一担心的是加入防腐剂用量的问题。我对冻胶型面膜没兴趣，因为冻胶面膜一般水分含量很多，很容易滋生细菌，而且防腐剂问题也同样是令我担心的，当然冻胶面膜的好处是方便，补水效果也不错。泥状面膜的主要原料是矿物泥，这类面膜一般有很好的去角质、收毛孔的效果，而且使用会很方便，不过觉得这类面膜不够温和，敏感肤质的MM要小心选择这类面膜。免洗面膜是懒人面膜，不过我不太喜欢这种面膜，个人认为这类面膜跟面霜基本上没什么两样，性价比不高。眼膜我一般会选无纺布面膜，不过现在好多无纺布面膜都设计了眼帘部分，这样就省了另买眼膜的钱了。

◎ 日常生活中，不使用面膜、眼膜就等于广东人没汤水喝，怎么行？面膜、眼膜是营养丰富的东西不能天天做，我1~2个星期做一次去角质面膜，每个星期做一次补水面膜、美白面膜和紧致面膜，面膜的种类太多时，我就每个星期选其中的一两样交替着使用。

◎ 我会根据自己皮肤当时的状况来决定用什么功效的面膜和使用的频率。我是混合缺水性皮肤，到季节交替时又很敏感，一般来说，一周做2~3次保湿补水的面膜；每周做一次或两周一次美白面膜。我家里还常备着抗过敏面膜，出游时也会带上几片，根据当时皮肤的状况来使用。去痘排毒的面膜也是如此。比如我去成都旅游时，知道一定会吃很多辣椒，就带上几片排毒去痘的面膜；去四川黄龙和九寨沟时，知道是在高原地区，怕会过敏，就带上几片抗过敏的面膜。眼膜大多是在黑眼圈太严重的情况下才想起来使用。

◎ 面膜眼膜我都用。一般皮肤状况差时，一个星期连续做五次面膜（一次去角质、一次美白、三次补水）；如果皮肤状态很好，一个星期只做一次补水面膜。眼膜就做得比较少，一周一次，使用补水型的眼膜，能减少眼睛里的红血丝和减少眼部周围的小细纹。

花花挑货语录

◆ **当不同类型肌肤遇到不同类型的面膜**

○ **泥膏型面膜**

泥膏型面膜不仅能够有效清洁皮肤，而且保湿效果也不错，能非常有效地软化阻塞在毛孔口的硬化皮脂。经过泥膏型清洁面膜敷脸后，面部的黑头、粉刺很容易挤出来，尤其对不适宜用蒸气的干性皮肤是很不错的选择。不含特殊吸油成分的泥膏型面膜对中、干、油性皮肤都适用。但对油性皮肤来说，选择含较多高岭土(也称中国黏土)或有添加吸油成分的面膜，效果才最佳。

值得注意的是：泥膏型面膜虽然清洁效果很好，但因产品内含有较高的防腐剂以防止细菌在湿润的泥膏中生长，并且成分中矿物质的含量较多，所以敏感型的肌肤应该谨慎使用。

○ **撕剥型面膜**

撕剥型面膜的清洁原理与泥膏型相同，也是通过升高表皮温度，促进血液循环和新陈代谢。主要成分是高分子胶、水和酒精，其他的成分很少。由于撕剥面膜的使用过程需要等到面膜干燥才能完成，所以成分中不能添加保湿剂，这对干性皮肤不太适合，另外由于撕剥的动作，敏感型肌肤也不太适用。

值得注意的是：撕剥顺序要自上而下，尤其要注意避开眼眶、眉部、发际及嘴唇周围的肌肤，防止撕剥时肌肤受到损伤。

○ **冻胶型面膜**

如果把冻胶型清洁面膜中的碱剂及

界面活性剂拿掉，再加入一些保养成分，就成为冻胶型的保养面膜了。冻胶型面膜还可以再简单分为透明及不透明两种。透明的冻胶型保养面膜只能加入水溶性的护肤成分，所以比较适合油性肤质；而不透明的冻胶型面膜可以加入的成分比较多，干性肤质也可以使用。

值得注意的是：涂抹冻胶型面膜要有一定的厚度。面膜的薄厚有讲究，不能是薄薄的一层，一定要盖住毛孔，这样面膜的成分才能更好地发挥作用。

◎ 乳霜型面膜

有的厂家将乳霜做得浓稠一点以面膜的形式推出，从原理上讲没有什么不对，但从皮肤保养的效果来讲，乳霜型保养面膜的效果与一般晚霜的效果差不了多少。乳霜型面膜质地跟护肤霜差不多，具有美白、保湿、舒缓等效果的面膜大多属于此类。它的使用也很方便，敷完后只要用面纸擦拭干净即可。

因为质地温和，所以乳霜型面膜适应面比较广，敏感性肌肤也能放心使用。

◎ 面具型保养面膜（无纺布面膜）

无纺布面具型保养面膜是现在最流行便捷的面膜类型。无纺布面具型面膜就是将调配好的高浓度保养精华液吸附在棉布（纸）上，使用时撕开包装敷到脸上即可。无纺布面具型面膜的主要优点是从成分上易于控制并可添加多种养分，从机制上能大大提高有效护肤成分对皮肤的渗透量及渗透深度，并能迅速有效地改变皮肤含水量，而使用上又十分方便，避免了用后清洗问题。

值得注意的是：无纺布面具型保养面膜没有清洁效果，不适合需要深层洁肤的人。

花花操作指南

◯ 不管你使用的是哪一种面膜，使用15～20分钟后都要洗净或剥除。

泥状面膜多半含有去脂、去角质等成分，使用过久会让脸有刺激、干燥等的不适。膜状的面膜虽然大部分有保湿作用，但是使用过久，待膜状物干掉之后，反而会吸收肌肤上的水分。况且，长时间让肌肤处于密闭闷热情况下，也很容易使皮肤过敏、发红。

在敷面膜时，使用频率要视个人的肤质与气候做调整。一般的泥状清洁面膜比较适合油性肤质，在夏季每周可以敷1～2次；干燥肌肤可以每周做一次保湿面膜，到了秋冬季每周可以增加到2～3次。当然如果你是干燥、敏感肌肤，千万不要尝试敷泥状的清洁面膜。

◯ 眼膜属于"急救型"保养品，它能立即提供大量水分、养分，及时消肿，一般对于紧急缓解眼部问题比较有效。眼膜主要有三类，一种是片状的，贴在眼部位置，20分钟后就能揭掉；一种是水洗型的，可以抹在眼睑上，半小时后用清水或湿布擦洗掉；还有一种是眼膜霜，当眼霜用时轻轻抹，当眼膜用时则要厚厚地涂上一层。

作为日常保养，一周用一两次眼膜就好，每次做眼膜的时间也不宜太长，否则使用过于频繁，可能会造成营养过剩，长出脂肪粒。特别需要注意的是，不能敷着眼膜睡觉，因为一旦眼膜中的精华液全部挥发，就会带走肌肤中的水分。一夜下来，原本光滑滋润的皮肤反而有可能因此受到伤害。

ID: qlwhao
年龄：30 岁
脸部肤质：混合性，夏天有点小油，有少许黑头
所在城市：广西北海市

精选花花心得

在日常护理中，我离不开面膜和眼膜的使用，喜欢使用水洗型的面膜和片状的眼膜。我一周做一次眼膜；一般三天做一次补水面膜，一周做一次美白面膜，补水和美白间隔着使用。

面膜的保养原理很简单，就是利用面膜来阻隔空气，让肌肤暂时呈现密闭状态，降低肌肤的水分挥发速度，同时还可以软化表面角质。在这样的密闭状态之下，会使得皮肤表面的温度略微上升，造成局部新陈代谢率的提升，这样一来，就可以提高皮肤对保养品的吸收

能力了。这就是使用面膜可以快速得到保养效果的原因。

使用面膜保养还有很多的讲究呢。

①使用完面膜要接着保养，但在敷面膜前也必须先保养。

一般人洗完脸后就直接敷上面膜，但其实先拍上化妆水，让角质稍微软化，再进行敷面膜的工作，效果会更好。有些面膜的成分较为特殊，为了提高吸收效果，不只要先拍上化妆水，还需要涂上乳液加以辅助，例如含维生素A成分的面膜，因为维生素A为油溶性，建议先以乳液按摩脸部才敷上面膜。

②更重要的是敷脸后的进阶保养。

许多人虽然知道敷完面膜要保养，但仍会忽略一些关键性的动作，这么一来刚才敷脸所吸收进去的营养成分，所发挥的效果就会大打折扣！这里提醒你在使用不同类型面膜的后续保养重点。

高岭土面膜：冲洗掉面膜之后，先拍上化妆水，立即涂上一层具有锁水保

湿功能的乳液或面霜。

剥除式面膜：先以收敛水帮助毛孔收缩，立即涂上一层具有锁水保湿功能的乳液或面霜。

其他单张式面膜：除非面膜本身含有油脂含量高的乳霜，否则在敷完后即使肌肤感觉再湿润，都要再涂上一层有锁水保湿功能的乳液或面霜。

③蔬果不能随便DIY。

现在网络或美容杂志上都介绍有许多的DIY新鲜水果蔬菜面膜的方法，在兴奋之余要明白蔬果DIY面膜的作用有限。其实许多DIY面膜中的成分是不能被皮肤吸收的。皮肤本身是防御器官，如果一般的物质都能自由进入皮肤，那皮肤就失去了它的守卫作用了。况且一篇篇的DIY文章，大多数是你抄我的，我抄你的。真正做过的人又有多少？能坚持的又有多少？所以"天然的，不一定是最好的"。

有些天然植物对肌肤保养不一定是正面的，像很多女生会使用柠檬、柳橙等含有维生素C的水果材料来制作美白面膜，殊不知这些具有光敏感的柑橘类水果，经过日照后会在皮肤产生色素沉淀，让皮肤变黑！即使天然蔬果中的成分对肌肤是有益处的，但是没有经过萃取、提炼的制作工艺程序，皮肤表层能够吸收的部分很有限。而且很多DIY面膜的方法对于浓度的掌握也不很确切，稍不小心就会造成偏差，使用后导致皮肤过敏、红肿、灼伤。

用天然果蔬敷脸的方法中，我推荐使用黄瓜切片来敷脸，黄瓜是不含刺激性的物质，用之敷脸具有清洁皮肤和补水保湿的作用，也不容易导致过敏。在夏季使用效果最好，也可以用西瓜的白皮代替。

建议喜欢DIY面膜的朋友，可以用单纯的面粉、小麦粉、奶粉等淀粉类的材料来调配面膜，这些材料中含有糖类、蛋白质、氨基酸等成分，使用安全之余，还可以使肌肤平顺、滑嫩。

在这里我介绍两种简单而有效的

DIY 面膜的方法。

大家都知道牛奶是最好的美白面膜材料，将3匙牛奶和3匙面粉搅匀，调制成糊状，涂满脸部，待面膜干后，再以温水按照洗脸步骤进行清洗。注意此面膜一星期最多只能敷两次，太过频繁的使用对皮肤反而不好。这是一种既简单又实用的美白方法。

如果觉得这个方法还是麻烦，就把一张纸面膜放入适量（15～20ml）的牛奶中浸泡，让牛奶浸湿纸膜。把这款牛奶纸泡膜敷在脸上，约15分钟后取下纸膜，用清水把脸洗干净即可。这种面膜重在长期坚持使用，会收到不错的美白保湿效果。

再说说眼膜。我喜欢片状的眼膜，敷上眼膜就是一种享受，眼睛可以得到很大程度的放松。不过，有些眼膜产品刺激性大，感觉没那么舒服。做眼膜时一定要注意眼睛部位和手的清洁，以防止二次污染。

这里就向大家介绍几款我喜欢的水洗式面膜和眼膜吧。

①贝佳斯Borghese（美国护肤品牌，以混合意大利火山岩浆矿物温泉成分为其特色）矿物营养美肤泥浆（矿物营养肤泥浆因为是绿色的，所以简称绿泥）

价格：500ml，RMB¥450元

介绍：独特的配方，加入大量的滋养及活力天然精华成分，集三大美肤疗效于一身。能深入清洁毛孔，彻底清除累积在表皮上的角化细胞及杂质。火山泥结合贝佳斯Borghese独有的AcquadiVita矿物维他混合成分，能立时有效地补充肌肤中的水分和活力，消减岁月的痕迹，使肌肤更细滑、更紧致。

评价：我觉得这是一款很好的深层清洁面膜，使用后觉得皮肤很干净，鼻子上的黑头也慢慢少了。

②佰草集Herborist（上海家化公司1998年推向市场的一个具有全新概念的品牌，是中国第一套具有完整意义的现

代中草药中高档个人护理品）美白嫩肤面膜（因为蕴涵白术、白茯苓、白芍、白芨等七种中草药萃集而成的精华，被成为"新七白面膜"）

价格：500g/瓶，RMB¥230元；100g/支，RMB¥60元

介绍：质地温和细腻，能迅速渗透肌肤，改善皮下微循环，促进细胞新陈代谢，去除老化角质，全面修护肤色不均，令肌肤美白细腻、宛若凝脂。

评价：我使用这款面膜后感觉很舒服，不干不燥，没有刺痛感。使用后皮肤感觉很润、很滑，有一点美白作用，不是太明显。缺点是清洗有点困难，经常残留一些面膜"白点"漏洗。不过，我还是很喜欢的呢。

③DHC（日本通信销售第一的自然派化妆品品牌）天然活肤泥

价格：100g，RMB¥300元

介绍：DHC天然活肤泥是"让肌肤放松"的黏土面膜。它可清除肌肤深处的角质、污垢，促进肌肤机能顺畅，恢复透明质感。富含天然矿物质成分的黏土还可抚慰因紫外线、干燥等压力而受到伤害的肌肤，将肌肤调整至初生时的光滑状态。

评价：我觉得这是一款在家里就可以做的美容院级别的面膜，它的清洁和去角质的作用都不错。

④兰蔻LANCOME（以法国的国花——玫瑰为标志的兰蔻LANCOME于1935年在法国诞生，成为法国之美闻名于世的高档化

所以在工作做忙的时候，有时也会里放着一片面膜，就会觉得很惬意。

绿茶味、玫瑰花味、牛奶味、美白、补水，总之那些美好的词汇。

这些都是我们随手买来的，宁静的时光，享受的快乐以及可预期的美丽。

妆品牌）再生青春瞬效眼膜

价格：6.4ml，8片，RMB¥460元

介绍：专为眼部肌肤而设计，抚平肌肤第一道细纹；卸下倦容，让眼部肌肤回复滋润光彩。30 岁左右，眼部周围肌肤会出现疲劳、黑眼圈、眼袋、肤色不均等问题，使原本美丽的双眸黯淡无光。同时，由于眼部肌肤极其脆弱，它也是脸部肌肤最早出现皱纹，最易衰老的部分。这款眼膜可以瞬间带来卓著功效，双眸即刻回复驿动光彩。

评价：这款眼膜的形状很好，紧贴整个眼部，蕴含的水分很足，保湿效果非常理想，没有什么味道。使用后皮肤很滋润，由于水分精华较冰凉，对于消除眼部浮肿的效果也不俗。

⑤SK－II（日本高级护肤品牌）多元修护眼膜

价格：14对，RMB¥680元

介绍：全方位眼部保养配方，一次改善细纹、暗沉、松弛等三大眼部肌肤问题，使眼部肌肤立即明亮紧致，拥有犹如一夜好眠后的充沛活力。

评价：这款眼膜采用了腰果形设计，由眼头至眼尾都可以完全覆盖，任何脸形的人都很适合。说明书上说这款眼膜一对即含有相当于20倍的眼凝露丰富滋养成分，我感觉用它急救的效果非常好，敷后10分钟，觉得双眼周围皮肤紧致了不少，水感十足。

生活需要一点点冒险

——防晒霜怎么挑

花花心情

去海钓的船上，四个姑娘显然都是有备而来，一个穿着长衣长裤，一个用丝巾包着自己的脸，一个戴着宽大得超出想象的太阳帽，一个躲在开船的小伙子的影子里，虽然那个小伙子也不是很健壮，再加上直射的阳光，那一小片阴影恐怕只能遮蔽住一只脚的面积……

当然，所有的防晒霜都不如一把遮阳伞阻挡太阳光的效果。但是，如果无论走到哪里，都要永远活在遮阳伞的阴影里也是一件挺可笑的事情。

开始相信防晒产品吧，开心地走在阳光底下。有时候我们不得不承认，生活确实需要一点点冒险。

花花护肤语录

"质检员"MM：

①选防晒产品要注意必须是当年生产的，追求"绝对新鲜"。物理性防晒产品还好，尤其是化学性防晒产品本身就具有自我保护功能，遇光遇热会让防晒效果渐渐消失。最好是每年都买新的，每次选择时都选新近生产的。

②SPF值（抵挡紫外线UVB的防晒系数）、PA值（抵挡紫外线UVA的防晒系数）合理。"合理"的意思就是合适就OK，要看自己平时活动的场合。防晒系数太高的产品会增加皮肤的负担。所以最好的方法是自己要记得补擦，否则，防晒系数再高的产品也不能保证使用后不被晒黑晒伤。

③我对防晒霜有三个基本要求。首先是可以阻隔280～400波段的所有紫外线，因为在这个波段之间的太阳紫外线辐射能到达地面并对人体造成危害，其中最重要的是对UVA类紫外线的防护（UVB类紫外线可以被云层、遮阳伞等物阻隔；UVA类紫外线则会穿过云层，可以直达皮肤真皮层）；其次要求是质感，当然不能太厚太油，容易致痘，我的皮肤偏干又在北方，所以只要不是很油的防晒霜一般都可以接受；再次就是

安全性问题，产品的刺激性不能过大。

◦ **重数据的MM：**

①防晒产品最重要的当然是能够有效防晒了，衡量的标准也很直接，就是看自己有没有被晒黑。一般夏季我会选择SPF值为30以上的，冬季则选择SPF值为15的。同时我还会注重防UVA型紫外线的PA值，我都要求要有一个"＋"以上的啦。我还有另外一个要求就是使用感觉不油腻，我的皮肤在夏季直冒油，所以我喜欢选择质地比较清薄的防晒产品。

②我除了上下班，接触阳光的机会不多，防晒SPF值为15，PA值"＋＋＋"就够了。我也喜欢质地清爽，不油腻，延展性好，不会引起痘痘的产品。所以我推荐使用乳液、露状、啫喱这三类质地的产品，即便涂两层也不会油腻。防晒成分最好含有氧化锌或二氧化钛其中的一种，并且能同时有效阻隔UVA和UVB两种类型的紫外线。

③一般防晒霜都能够防止我们被晒伤和晒黑，SPF值反映防晒伤指数，PA值反映防晒黑指数。欧盟规定2005年以后出的防晒产品的SPF最高只能到50。我个人认为，SPF值一般到30就可以了，相当于300分钟的防晒效果，一般逛街出门的时间都足够了，毕竟在擦汗之后都要补擦防晒产品的。PA值也是选择防晒霜很重要的指标，不想晒黑的MM就要求PA"＋＋＋"，"＋"号越多，防晒黑的效果就越好。一个"＋"号表示2倍的防护力，2个"＋"号表示4倍，PA"＋＋＋"有8倍防护力。大家注意3个"＋"号已经是最高，不可能再多了，出现4个"＋"号的防晒产品就肯定是假冒伪劣商品了。达到以上种种数据要求，防晒准备工作就可以做到位了。此外，现在有很多防晒霜标榜具有防水功能，到海边游玩时是必备之物哦。不防水的防晒霜被水一冲就没了，人在水中，紫外线还是可以穿透水面，所以在水里也要做好防晒工作哦。

○ **一年四季都防晒的MM：**

①我一年四季都会注意防晒，但不总是用单独的防晒霜。冬季以及紫外线不强的时候会使用具有防晒功能的化妆品、保养品，如有防晒功能的隔离霜和唇膏。

②我每时每刻都不会停止防晒。只在夏季防晒，冬天不做防晒的观点是错误的，因为促进皮肤老化的重要诱因UVA型紫外线在一年四季的强度差别不大；只在有太阳的日子里防晒，阴天的时候不做防晒的观点是错误的，因为云层几乎无法阻挡UVA型紫外线的穿透；只在室外防晒，室内不做防晒也是错误的，因为UVA型紫外线可以穿透玻璃、衣服。所以，紫外线无处不在，防晒工作一刻也不能停。此外，防晒霜的使用要达到一定的量，并且每隔几小时做好补擦工作，只有这样才能保证最佳的防晒效果，否则防晒产品是难以发挥它最大的功用的。

③在大太阳下，光靠防晒产品防晒是不够的，一定要带太阳伞和戴墨镜。其实眼睛的皮肤是很脆弱的，很多人只注意到脸上的防晒，忽略了眼部的防晒，是非常错误的。太阳对眼睛的刺激一样会造成皮肤迅速的老化和产生黑眼圈，请尽快为你的眼睛选择一个好的防晒用品吧。还有晒后的修复功课不可缺少，大家要切记，晒伤了后不能马上使用美白、抗皱之类功能性的面膜，应该选择补水、镇静皮肤的面膜。

如果不涂上防晒剂，带要永远活在遮阳伞的阴影里也是一件挺可笑的事物。开始相信防晒产品吧，开心地走在阳光底下可发的事物。有时候我们不得不承认，生活需要一点点冒险

花花挑货语录

⊙ 我们都需要用防晒霜吗?

当人体受到紫外线照射时,会产生黑色素以对抗紫外线对皮肤的伤害。涂抹防晒霜能有效阻挡紫外线,从而抑制黑色素的产生,但如果防晒霜已经脱落又由于疏忽没有及时补充,皮肤暴晒在阳光下,更容易晒黑甚至晒伤。

⊙ 防晒产品要一年四季都用吗? 没有太阳的时候要不要防晒呢?

其实在夏季以外的季节,紫外线也会夺走肌肤水分,破坏肌肤组织,因此防晒是一年四季都要做的功课。此外,阴天虽然没有阳光直射,但UVA型紫外线还是会透过云层,此时也应使用防晒霜。

⊙ 大家都说的物理型防晒剂和化学型防晒剂是什么?

物理防晒剂主要指超微粒的氧化锌、氧化钛,它涂抹到脸上后非常均匀,像一面镜子,太阳照射了之后,它就会折射、反射和散射紫外线,从而避免紫外线直接接触皮肤。物理防晒品的优点是可以长时间反射紫外线。物理防晒剂除了含有防腐剂,很少含有其他化学成分。

物理防晒剂最大的优点是不会光降解,因为物理防晒的原理是反射紫外线,本身是被动惰性的,也不存在皮肤吸收的问题,这也是大家认为物理防晒剂比化学防晒剂安全的理由。

物理防晒剂中所含的微粒皮肤不会吸收,因此对皮肤的负担会比较小;但缺点也很明显,微粒比较大时,涂在皮肤上显得泛白,感觉很油腻。庆幸的是,现在物理防晒剂的工艺比以前先进很多,质感好的物理防晒产品价格不菲,适合容易过敏的人。

化学防晒剂防晒的原理是将紫外线

吸收后再以一种较低的能量形态释放出来，这样也避免了紫外线对皮肤的直接损伤。根据其吸收紫外光波长的不同可以分为UVA吸收剂和UVB吸收剂。接触的紫外线强度越弱，化学防晒剂中的防晒系数越高，化学防晒剂防晒的时间就会越长。防晒剂吸收紫外线，在一定程度上来说，防晒剂也在进行氧化，吸收到一定的程度，防晒效果也就弱了，时间一长也就没有效用了。如果正值烈日照射，此时涂有防晒剂和没有涂防晒剂的结果是一样的。

化学防晒剂需要皮肤吸收其中的防晒成分，所以要在涂抹20分钟后才能发挥作用。化学防晒剂质地大都透明清爽，但有些人对其中某些防晒成分产生过敏的可能性大。此外，很多化学防晒剂产品中的成分对吸收紫外线的波长范围不够广，一般要几种化学物质共同作用，才能吸收掉大多数伤害皮肤的紫外线。

简单地说，物理防晒就好比戴了顶帽子，抹上了以后就在皮肤表面形成一层覆盖膜，来阻隔紫外线；化学防晒要提前一段时间抹在皮肤上，等皮肤吸收了以后，再来改变阳光的波长，达到防晒的效果。市面上80%以上的防晒产品是物理和化学防晒剂共同作用的，只有过敏性皮肤专用的产品，才有可能是纯物理性防晒。

更简单的建议

根据姐妹们不同的皮肤类型，在挑选防晒产品时，有以下建议：

①油性皮肤：可以选择渗透力较强的水剂型、无油配方的防晒霜，使用起来清爽不油腻，不堵塞毛孔。千万不要使用防晒油，此外慎用物理性防晒类的产品。

②痘痘型皮肤：与油性皮肤有点类似，选择渗透力较强的水剂型、无油配方的防晒霜，但是当痘痘问题比较严重，出现了发炎或者皮肤破损情况时，最好暂停使用防晒霜，出门时采用遮挡的物理方法防晒比较安全。

③干性皮肤：选用质地滋润，并添加了补水功效以及增强肌肤免疫力的防

晒品，现在很多防晒品已经增加了防晒以外的补水、抗氧化功效。

④敏感性皮肤：推荐选择专业针对敏感性肤质的护肤品牌防晒品，或者产品说明中明确写出"通过过敏性测试"、"通过皮肤科医生对幼儿临床测试"、"通过眼科医生测试"、"不含香料、防腐剂"等说明文字的防晒品，最好选择物理性防晒品。

挑选时最好先在自己的手腕内侧试用一下，如果在10分钟内出现皮肤红、肿、痛、痒现象，说明你对该产品有过敏反应。

○ 偷懒的MM也要了解SPF值

SPF（英文"Sun Protection Factor"的缩写）值意为防晒指数。

皮肤在日晒后发红，医学上称为"红斑症"，这是皮肤对日晒做出的最轻微的反应。最低红斑剂量是皮肤出现红斑的最短日晒时间。使用防晒用品后，皮肤的最低红斑剂量会增长，那么该防晒用品的防晒系数SPF值则为：SPF值＝最低红斑剂量（使用防晒用品后）÷最低红斑剂量（使用防晒用品前）。

假设某人皮肤的最低红斑剂量有15分钟，那么使用SPF值为4的防晒霜后，理论上可在阳光下逗留4倍时间（15×4＝60分钟），皮肤才会呈现微红；若选用SPF为8的防晒霜，则可在太阳下逗留8倍时间（15×8＝120分钟），计算的方法依此类推。

在不同的环境中，我们可以选择不同SPF值的防晒产品。

一般环境下，普通类型皮肤的人用防晒品以SPF值为8~12的为宜；皮肤白皙者可以用SPF值为30的；对光过敏的人，要选择SPF值为12~20的为宜；上班族只是在上下班的路上接触阳光，因此SPF值在15以下即可；进行户外活动的旅游者，推荐使用SPF值为20左右的防晒产品；在高原、烈日下活动或去海滩游泳，宜选用SPF值为30的防晒品；户外游泳时宜选择防水类的防晒护肤品，但除游泳时使用外，防水型防晒护肤品应少用。

ID：小猫仙儿
年龄：24 岁
脸部肤质：混合偏干性皮肤，T区偏油，右脸颊有痘疤，额头容易起痘痘，肤色较暗，属于"黑妹妹"型
所在城市：韩国首尔市

精选花花心得

我可能比较偷懒吧，一般在夏季和初秋时使用专门的防晒霜，其他时间都用带防晒值的隔离霜和粉饼。我防晒的方法很简单，夏季尽量不出门，或者尽量避开阳光强烈的时间段出门。

因为我本身的肤色就黑，也不使用专门的美白产品，所以我对防晒霜的要求就是不针对美白，但是一定要防止变黑！

目前市场上的防晒产品指数（SPF值）从6到40不等，指数越大，防晒时间越长，防晒效果越好；但系数高的产品往往含有大量物理或化学防晒剂，对皮肤的刺激较大一些，容易堵塞毛孔，甚至滋生暗疮和粉刺。所以我平时基本都用SPF值为30的，去海边或者阳光强烈的地方才用SPF值为50的，在海边一定要准备防水类型的。使用防晒产品后，回家一定要马上卸妆，并使用晒后修复或镇静肌肤的产品。

理论上说，我比较偏爱物理型防晒产品，可是看现在有关物理防晒和化学防晒孰优孰劣的辩论看得头都大了，而且买东西的时候不会考虑这么多，基本都是在网上看看口碑，然后在逛街的时候随便就买了。

现在总结经验，防晒产品还是要亲自使用后才能有所定论。当然这样的风险是，如果使用了没有效果的防晒产品，等发觉时肯定已经晒黑了，这个风险估计没有人愿意接受。所以所谓的亲自体验，也就只能是在柜台亲自感受一下产品是否油腻，是否好推匀好吸收这些短期效果了。

如果觉得不合适自己使用，不要心疼，赶紧换别的产品吧。实在心疼的话就拿来抹胳膊、脚或者送人好了。这里我说说我现在正在使用的防晒产品吧。

薇姿VICHY深度保护防晒霜

SPF值为30，PA＋＋＋，含有防水配方。

功效：滋润肌肤，减少因日晒引起的皮肤干燥；特别适于白皙和日晒敏感肌肤，或适用于日晒特别强烈的环境中，不含香料和防腐剂。这款防晒霜是脸部专用的，SPF值为30，PA＋＋＋，尤其适合油性至混合型皮肤使用。

使用方法：外出前30分钟使用，将适量产品均匀涂于面部及有需要的身体皮肤。使用时避开眼部周围皮肤，避免接触衣物。长时间户外活动，可每隔2～3小时使用一次。游泳或大量出汗后，需重复涂抹。

评价：这款防晒霜还有少许修正肤色的作用，有提亮肤色的效果，而且不油腻，味道也不错，虽然不是化妆品的那种香味，有点怪怪的，但是不难闻。

这个系列还有针对身体的防晒产品，同样是SPF值为30，PA＋＋＋，身体的防晒产品质地相对稀薄一些，润色作用也不明显，味道与脸部专用的相同。

自然，但不一定简单

—— 粉底、隔离霜怎么挑

M ood 花花心情

　　小时候只有上台演出，才会把自己的脸抹得白白的，一走下舞台，就要使劲地把脸洗干净。平时更是经常嘲笑那些把脸抹得白亮的女孩子。

　　后来却慢慢接受了这样一个观念，精致的面孔，肯定是从精致的粉底开始的。大S在自己的美容书里说得很真诚，自己就是坚持要让自己的脸，白得像纸一样。

　　曾经有一个朋友说，自己每天早上都要比先生早起10分钟，因为至少要先擦了粉底，才有安全感面对爱人。最初我感到很不理解，觉得爱情太脆弱，每时每刻都要戴着"面具"过日子。现在却也慢慢了解，一张精致的妆面会让我们产生自信心，生活也一样需要"化妆"，需要一颗精致装扮的心。

　　关于真与假，关于人工与自然，其实都不是我们想象的那么简单。广告里面说，谁都看不出我擦了粉。

　　这样的态度，是别样的自然与天真。

花花护肤语录

◆ 隔离霜

○ 我喜欢具有润色效果的隔离霜，还要带有SPF值在20以上防晒功能，使用后感觉清爽，能自然润色。

○ 我一年四季都用隔离霜，但很少用粉底。我觉得用隔离霜很重要，并将之视为一种隔离保护皮肤的有效途径，特别在上网时我会涂一层厚厚的隔离霜，戴防护眼镜，我想就算不能隔离电脑辐射也能隔离静电带起的灰尘吧。

○ 我一年四季都用隔离霜，虽然不知道能否防电脑辐射，反正图个心理安慰，也就一直用下去了。我平时不太用粉底，因为以前用过几次，鼻子痒的时候用面纸一擦就掉了，感觉一碰就脱妆很严重。我是油性皮肤，用粉底时感觉粉总浮在上面，总之不喜欢。

○ 我经常使用隔离霜，而且基本都是平价的产品。因为我肤色不均匀，用了隔离霜后觉得自己气色好很多，出门前再扑点散粉就可以了。而且我特别喜欢带防晒值的隔离霜，因为就可以不用擦防晒霜了，呵呵。唯一不好的是，带防晒值的隔离霜涂多了，脸上皮肤会觉得有点闷。我不怎么使用粉底，一是我容易出汗脱妆；二是脸上皮肤容易感到闷。除非有重要的场合，需要好好地打扮，才会用粉底。

○ 我以前皮肤肤色暗沉，有痘痘，所以经常使用粉底进行遮盖。最近，我的皮肤状况有所好转，就开始转向使用隔离霜，只在重要场合才使用粉底。我一般使用粉底就不用隔离霜，使用隔离霜就不用粉底了。

◆ 粉底产品

○ 我是偏油性的皮肤，比较喜欢使用粉底液（尤其在春夏季时），因为它是液体的粉底，它比粉底容易上妆一些。我推荐魅可M.A.C（Maccosmetics，原创加拿大，现为美国雅诗兰黛旗下所有，专业彩妆品牌）感光防晒粉底液（SPF值15，30ml，RMB￥320元），这款粉底液非常好，感光度很高，可以均衡肤色，很自然，用后感觉皮肤很清透。

花花挑货语录

◆ 挑选隔离霜

要想挑选到一款合心意的隔离霜，先要对隔离霜的种类有所了解。目前市面上的隔离霜主要有润色型隔离霜和无润色型隔离霜两种。

○ 润色型隔离霜

润色型隔离霜除了有隔离的作用，还能辅助修饰肤色，甚至有调节粉底颜色的功效。隔离霜的颜色大概分为紫色、绿色、白色、蓝色、金色、近肤色六种，不同的颜色代表具有不同的修容作用。

紫色：紫色具有中和黄色的作用，所以它适合普通肌肤、稍偏黄的肌肤使用。它的作用是使皮肤呈现健康明亮、白里透红的色彩。

绿色：适合偏红肌肤和有痘痕的皮肤。绿色隔离霜可以中和面部过多的红色，使肌肤呈现亮白的完美效果。另外，还可有效减轻痘痕的明显程度。

白色：是专为黝黑、晦暗、不洁净、色素分布不均匀的皮肤而设计的。使用白色的隔离霜之后，皮肤明度增加，肤色看起来会干净而有光泽度。

蓝色：适合泛白、缺乏血色、没有光泽度的皮肤。蓝色可以较温和地修饰肤色，使皮肤看起来"粉红"得自然、恰当，而且用蓝色修饰能使肌肤显得更加纯净、白皙、动人。

金色：如果你希望拥有健康的巧克力色皮肤，那么金色隔离霜是最好的选择。金色隔离霜可以让皮肤黑里透红，晶莹透亮。

近肤色：近肤色隔离霜不具有调色功能，但具有高度的滋润效果。适合皮肤红润、肤色正常的人以及只要求补水防燥、不要求有修容作用的人使用。

◎ **无润色型隔离霜**

无润色型的隔离霜多数是作为妆前乳使用，作用是让底妆更服帖持久。如果你的防晒霜质地清爽又保湿，也可以作为妆前隔离霜来使用。

挑选隔离霜时最重要的一点是要注意清爽不油腻，保湿效果好。如果隔离霜附有SPF值是更好的，可以省去防晒霜的步骤。对无润色效果的隔离霜，挑选重点在是否够保湿，能够让底妆更加服帖持久；对润色型的隔离霜，重点要挑对适合自己的颜色。

◆ 挑选粉底

粉底按照其质地可以分成以下三类：

◎ **粉底液**：质地较稀且清爽，妆效较透明自然，适用于任何肌肤或混合性皮肤。

◎ **粉饼**：使用简单、携带方便，同时兼具上妆补妆功效，除特别干性皮肤外皆适用。

◎ **粉底霜**：乳霜质地，一般来说遮瑕力还不错，很适合中性、偏干性皮肤使用。

质地越浓稠的底妆产品越适合干性皮肤或者在冬季时使用，偏油性皮肤或在夏季时应该选择质地清爽的粉底液或者控油力强的粉饼。近年来，各大品牌都更注重底妆产品的保湿功效，所以很多粉饼都比较保湿，干性皮肤也可以使用，只要在妆前做好保湿工作即可。

◆ 挑选粉底只要避免以下三大误区，就可以帮助你挑到更适合的粉底

◎ 误区一：在手腕上试用护肤品

习惯了把护肤品、化妆品在手臂内侧做测试，所以粉底也是一样。错了，错了！身上的每片肌肤都会存在色差，用于脸上的粉底一定要在两颊试用才能选准颜色。

◎ 误区二：涂抹得很均匀

粉底不是用来让肌肤吸收的，许多化妆品专柜售货员在为你试妆时，都会将粉底涂抹得很开、很薄，乍看下，果然和肤色异常贴合。其实，在把粉底涂开的过程中，许多粉底都已经被手指擦掉了，你看到的只是自己的肌肤而已。所以在试用粉底时一定要在脸上涂成厚厚的一条来观察，如果看上去和肤色融合得不错，不会太突兀的话，那么买回家后使用时，就可以不用大力搓揉和高超的技术，也很容易使粉底颜色和肤色保持一致。

◎ 误区三：灯光下照镜子

光洁的镜面反射出柔和诱人的灯光，照一照自己简直和明星一样。买粉底试用时，一定要跑到商场外面，就着自然光，拿出自己的小镜子看看颜色。最好不要在晚上选购粉底，这样买到存在一定色差的产品的可能性就更大了。

一张精致的妆面会让我们产生自信心。生活也一样要"化妆"，需要一颗精致装扮的心。广告里面说，谁都不出免擦了粉，这样的态度，是别样的自然与天真。帮我们的脸蛋开孔，肯定是从精致的粉底开始的。

ID: 小R
年龄：26岁
脸部肤质：混合性缺水皮肤
所在城市：河南省郑州市

精选花花心得

在日常护理中，粉底是我的必备，如果只能选择一种彩妆，我就会选择粉底。我每天都离不开粉底，它能带给我自信，又可以防晒。因为我对防晒护肤品过敏，而现在的粉底都有较高的防晒指数，粉底也就成为了我的好伙伴！隔离霜也会使用，频率没有粉底高。

首先我选择隔离霜最重要的要求是服帖，服帖的隔离霜会为下一步的粉底服帖持久打好基础；其次的要求是舒服，也就是既感觉滋润又不会觉得气闷。这与季节的变换有直接的关系，春季时我喜欢使用香奈儿CHANEL净白防护妆前隔离霜（SPF值30，PA＋＋，30ml，RMB¥366.00元），它是比较滋润的，让春季干燥的皮肤感觉很舒服，可以防止脱皮脱妆等尴尬的状况；夏季我喜欢使用具有控油功效的隔离霜，特别是在会出油的T区，认真地涂均匀后再使用粉底妆面会感觉很持久清爽。

对于选择粉底，我觉得粉底的种类实在是太多了，选择的余地远远大于隔离霜。由于我是混合性缺水皮肤，夏季选择粉底就要特别用心，关键是要能够很好地控油又不会干到脱皮。夏季时我比较喜欢佳丽宝Kanebo的Revue完美焕颜粉底液，控油效果目前来看还是不错的，遮盖效果也很好；冬季则比较喜欢魅可M.A.C感光防晒粉底液，感觉比较滋润，服帖。

我觉得使用好的粉底液应该归属护肤程序中的步骤。一款好的粉底液应该不伤皮肤甚至应该有养肤的功能，夏季应该可以调理皮肤的油分，冬季则应该能补充皮肤的水分，在皮肤上形成保护膜阻隔外界的脏空气。

最后列举一下我选择粉底的要求：

①服帖，持久，遮盖力要强。

②夏季一定要控油，冬季一定要滋润。

③防晒指数要高，我都把它当作防晒霜使用。

④颜色不要暗沉，质感不要厚重。

⑤最好既能起装饰作用又有养肤功效。

最后做一下总结：

①关于防晒。我的个人心得是选择防晒指数较高的粉底，完全可以将其当作防晒霜来使用。既然每天都要使用粉底，那就可以省去防晒霜了，这样一是可以减轻皮肤的负担，二是我对防晒产品过敏，所以从来不使用防晒霜和带防晒的日霜，都是使用防晒指数高的粉底搭配防晒粉饼，但是我从来没有被晒伤，脸基本也很少被晒黑哦！

②关于隔离霜。我对隔离霜的要求有两个，一个是滋润型，使用后会增加皮肤的光泽感；另一个是虽无润色效果，但可以提亮肤色。比如香奈儿CHANEL（诞生于法国巴黎，世界著名女性时尚品牌）净白防护妆前隔离霜有细腻的珠光，效果就很不错。（此款隔离霜适合化妆人群打底使用，因为它含有一些珠光成分，如果不化妆只涂隔离霜，整个脸会亮亮的，感觉很怪。但是如果你涂了这款隔离霜再去上粉，就可以均匀打亮肤色，皮肤也会显得很粉嫩剔透哟！）

③关于粉底。我偏爱粉底液和粉饼，粉霜也有使用，但是还没有找到适合自己的。粉底是我每天出门必须使用的，粉饼是补妆用的。我目前有6块粉饼，有滋润、控油、防晒各种类型的，功能作用都不一样，不同的时候和需要时使用不同的类型粉饼。因为不使用防晒霜而使用具防晒指数的粉饼，人家补防晒霜的时候，我则是补粉饼。

在流行的面孔下做自己

—— 蜜粉、腮红怎么挑

M*ood 花花心情

忽然想起时尚界有一年很流行"晒伤妆"，就是把两腮涂得红红的。现在想想，这真是很任性的流行啊。因为过分夸张追求白里透红的肤色，最后干脆红得过分些，自我嘲讽一下。

其实平心而论，如果天生脸颊就红润搞不好会显得很土。我有个朋友因为天生脸颊很红润，看上去热气腾腾的，感觉气质离冰凉的时尚很远。所以，她每天都会不辞辛劳地一层一层把自己涂白，最后小心地打上少许腮红。

流行的眼光就是这样。有时候不得不舍近求远。

但无论如何，"晒伤妆"也好，白得透明也好，面对无数型号色系的蜜粉腮红，你要知道什么才是最适合自己的。红枣、鸡蛋、牛奶、小米稀饭、枸杞子、木耳——每样都好，但不是每样都一定要选择，美丽之余还要有美丽的心态。所以，吹吹风，跳跳操，谈谈恋爱，上妆之前仔细端看自己的脸，流行千变万化，你要放松心情，在向潮流妥协之外，坚持做最好的自己。

花花护肤语录

出门前我一定会使用隔离霜和散粉，所以散粉（蜜粉）是一定会扑的，腮红一般视时间而定。

以前出门的时候经常会使用蜜粉和腮红，但是现在用得比较少。腮红一般是在正式的场合才会使用，蜜粉用得相对多些，蜜粉的作用是定妆，保持色调、色泽的统一。

说说蜜粉吧，我不太喜欢它，觉得它会影响粉底的光泽，而且大概是因为大多数蜜粉都有控油的作用，而我的皮肤又很缺水，用了蜜粉后感觉皮肤很紧绷。后来我遇到了赫莲娜HR（气质优雅、一生充满传奇色彩的Helena Rubinstein女士上个世纪初创立的全球第一个国际性化妆品牌）纤彩丝柔蜜粉，它一点也不干，非常适合我的肌肤，太棒了。有了它，我几乎每天都会拍点蜜粉，使用后可以增加皮肤的光泽感。

　　不管是平时出门还是在家里，我都会使用蜜粉。因为我即便在家都会使用防晒霜，之后擦蜜粉可以减轻防晒霜带来的黏腻感。出门时更需要使用蜜粉来"控油＋定妆"，所以蜜粉对我来说是必不可少的哦。至于腮红，因为我的皮肤比较白，而且是苍白的那种，所以出门见人的话也会使用腮红，使自己看起来气色很好的样子。

　　我使用蜜粉和蜜粉饼，它们在我的化妆过程中充当不同作用的角色并不冲突。蜜粉的作用是在每天早晨化妆结束的时候压一下底妆，打造更加完美的妆面；而蜜粉饼是每天化妆包中的必备品，特别是夏季，皮肤容易出油，脱妆比较严重，蜜粉饼可以用来吸油和补妆。一个完美的妆面怎么可以像"油田"呢？

　　我一般用蜜粉刷蘸满蜜粉，然后在手背上轻拍两下，再均匀扑在脸上。这样使用可能比较浪费，但是效果比较自然。

花花挑货语录

挑选蜜粉要轻透，自然，控油。蜜粉我的选择妆效有两种，日常用哑光妆，可以呈现很干净透明的感觉。心情不错时，想要妆面亮一点，就使用带亮粉的。我对腮红要求不多，粉质细腻，粉嫩的颜色，持久度要好。

我对蜜粉的要求是粉质细腻，味道好，可以使肤色均匀而健康。如果能持久定妆就更好了。至于腮红，很多MM都有很多款颜色的产品，认为可以搭配不同的妆容。但是我认为，真正适合自己的腮红色系上应该是一致的。我觉得在妆容不浓的情况下，腮红的颜色红晕自然就好。

由于我是混合性皮肤，T字部位易出油、两颊干燥，所以在选择蜜粉的时候要求具有活化、保湿、保养肌肤的功效，能够使肌肤一整天都保持清爽舒适的感觉。我对腮红的要求其实很简单，主要是定妆持久，能够保持皮肤色调的统一，并且用上去不油腻很清爽。

我挑选蜜粉的要求是：①粉质细腻；②轻薄、透明，涂到脸上不可以厚重，要有透明感；③服帖度；④控油或保湿，夏季要使用具有吸油和控油成分的蜜粉，而冬季就要使用保湿或者本身就滋润的蜜粉了；⑤颜色也很重要，我不喜欢浮起白色的粉，喜欢可以增加皮肤质感光泽感的。蜜粉所附带的粉扑的好坏也是选择的一个原因。挑选腮红的要求是：①颜色，腮红的颜色非常的繁多，分有不同的色系，每个色系涂在人的皮肤上的效果都不一样，而且色系又有很多很多种颜色，所以选择适合自己的腮红颜色是有一定难度的；②持久度；③细腻度；④光泽感。

○ ①腮红颜色要漂亮。我觉得至少应该有一块粉色（打造可爱风格）、一块橙色（打造可爱、健康、成熟风格），如果有一定功底的话，最好再有一块褐色的腮红，可以修容，也可以扮酷。②粉质细腻、妆效自然，看起来要像是从皮肤里面透出来的红晕。③持久度要好，尤其对我这样的苍白肤色的人来说更为重要。

每样都在，但不是每样都一定要选择。美丽之余还要有美丽的心态。

流行的眼光就是这样，有什么不得不令近来远。

流行千变万化，你要放松心情，在向潮流靠近之外，坚持做最好的自己。

花花操作指南

◆ 蜜粉

　　蜜粉，又叫定妆粉，一般都含精细的滑石粉，具有吸收面部多余油脂、减少面部油光的作用，可令妆容更持久、柔滑细致。此外，蜜粉还有遮盖脸上瑕疵的功效，令妆容看上去更为柔和，呈现出一种朦胧的美态，尤其适用于日常生活妆。所以说，要使妆容精致、持久，用蜜粉来定妆这一程序不可或缺。有些新产品甚至含有润泽皮肤的成分，是不可多得的化妆佳品。通常我们在市面上可以看到蜜粉和蜜粉饼两种产品。

　　蜜粉：有固定粉底和彩妆的效果，并且能够加强彩妆的附着性，使粉停留在脸上的时间延长。除了可修饰、增加透明感之外，更可抑制油脂分泌，避免脱妆。

　　蜜粉饼：蜜粉饼其实就是蜜粉压缩而成的，为了补妆时携带方便，又能达到自然修饰的效果。

　　蜜粉和蜜粉饼在用途上来说其实是一样的，只是状态不同，蜜粉比较适合在家使用，蜜粉饼因为方便携带更适合放在化妆包里补妆时使用。

○ 蜜粉和散粉有什么区别？

　　蜜粉和散粉用处是一样的，都是作为粉底的定妆粉使用。使用时都是用附带的粉扑蘸取适量粉末，在手背上除去多余粉末后，轻拍于面部，使粉底与肌肤紧密贴合，可以塑造不易脱妆的美肌。

　　一般来说蜜粉和散粉选择一种使用即可，通常蜜粉要更细一些。它们都没有遮盖力，只能调整肤色，所以不能单独使用，之前必须用润色的东西打底。对于干性和中性皮肤的MM，如果不脱妆，可以不必使用定妆粉。而对于没有皮肤问题的MM，可以直接使用"润色防晒霜→散粉/蜜粉"。

○ 蜜粉的三大作用

①定妆：扫上蜜粉能将妆容固定，化妆品不会轻易移位或剥落。

②吸油：蜜粉能吸走面上的油脂，令妆容保持光泽，可以延长妆容的持久度。

③修饰：当妆容色彩不均或不协调，蜜粉便起了修饰的作用。

○ 如何挑选蜜粉

挑选蜜粉首先要注意粉质是否细腻、是否具有保湿功能。太粗的粉会让您的妆容显得很厚，不够清透；太干的粉则会让本来干燥的皮肤更加缺水，凸显皱纹。

在颜色方面，蜜粉分为透明及略带色彩两种。透明蜜粉的作用是维持粉底原色，增加肌肤的透明度，令面色更健康自然。象牙色蜜粉较贴近东方女性之肤色，可缔造出较自然又柔和的妆容效果；至于略带粉红、紫色或黄色的蜜粉，能发挥调整肤色的作用，如肤色偏黄的脸，使用紫色蜜粉可以令肤色呈现动人的光泽。

◆ 腮红

腮红不仅能让脸部看起来变小，在完整的彩妆及整体化妆气氛中也起着决定性的作用。粉色、红色系列腮红让脸部变得更加华丽；橙色、褐色系列可以有知性、健康的感觉。

腮红除了可以增加你脸部肌肤的红润感，制造出粉嫩透明的肤色外，依不同的脸形使用不一样的画法，还可达到修饰脸部线条的功效。

在一个完整的妆容中，蜜粉和腮红都是不可缺少的，蜜粉能让妆容更持久，腮红不但能提升气色还能修饰脸形。

◎ 目前市面上可买到粉状、膏状与液状等三种质地的腮红

①粉状腮红：最常见也最普遍，只要以刷子轻轻蘸取，再刷在颊上即可，适合一般肤质及油性肤质。

②膏状腮红：颜色最饱和，妆效也最重，用手指或海绵蘸染涂抹就可以了。比粉状腮红更为方便，适合干性肤质及浓妆时使用。

③液状腮红：较少见，用手指均匀涂抹或以海绵推匀，同样适合干性肤质及浓妆。

◎ 如何挑选腮红

挑选腮红最重要的法则就是挑对适合你的颜色。腮红的色彩讲求的是柔和自然。而且不同肤色的人对应的腮红色也不能一概而论。

①雪白肌肤：无论是浅桃色，还是粉紫色，都能将白皙的肌肤映衬得精致通透，看上去就像皮肤本身的颜色和光泽一样。注意巧克力色的腮红不适合白皙的MM。

②黄色肌肤：亮粉色、玫瑰色或金棕色的胭脂能将肌肤本身的厚重感和不太健康的颜色中和掉。黄色偏红肤色的人要注意玫瑰色胭脂要慎选，否则会让你看上去像喝多了酒。

③小麦肤色：橘红色、橄榄色和深桃红色的胭脂都很适合这类肌肤，尤其是橘色胭脂最能打造出运动美女的妆容效果。

ID: rebeccashd
年龄：26 岁
脸部肤质：混合偏油性
所在城市：天津市

精选花花心得

我平时出门的时候，一般会在使用完隔离霜或者防晒霜之后扑上一层蜜粉，这样妆面颜色显得比较通透；而腮红一般只有在正式化妆（完整地使用妆前底霜、粉底、眼影、眼线睫毛膏还有唇彩这些彩妆程序）的时候才会使用。对我而言，蜜粉可以算是日常彩妆的步骤，不过腮红就是正式彩妆才会用到的步骤。

我一般都是使用蜜粉，蜜粉饼只用过一两个。在夏季天气比较炎热的时候，我连使用蜜粉的步骤都会省略，因为这样可以让皮肤能更通畅地呼吸。

我对蜜粉的要求是轻薄自然。最好是有提亮肤色的效果，可以让皮肤的感觉像是没有涂粉，而是自然而然地从内而外的清透白皙。挑选腮红则要求色泽自然，容易涂抹均匀；颜色不要太深，要自然的红润感觉。最好有一定的持久性。用过好几款大牌的腮红，总感觉过了一段时间就全部被皮肤吃进去了，看不出腮红的效果。

我偏爱使用粉状腮红，感觉比较容易处理。我总觉得膏状或者液体状的腮红需要比较专业的手法和工具，如果无法在合适的位置涂抹均匀，可能很容易出现被打肿了的感觉。

这个蓝色很秋天

—— 眼影、睫毛膏怎么挑

花花心情

　　能自己"创作"设计搭配眼影色彩的女孩子真是了不起。当然,能规规矩矩用好眼影盒里搭配好的几种颜色的眼影的女孩子也很了不起。

　　眼影差不多是女孩子最后的秘密了。上口红、涂粉底,男生一眼都能看得懂;只有眼影,一般的男生真的不懂。如果遇到一个男生(专业化妆师除外),能够说出"你的蓝色眼影很秋天"这样的话来,那他算是男生中的极品了,你可得好好珍惜哦。

　　其实谁又能真正明白呢?你的蓝色眼影里面,可能含有红色、金色……

　　眼影,这是属于女生自己的秘密。

花花护肤语录

◆ 眼影眼线

我觉得使用眼影和眼线感觉比较正式，只有在化妆的时候才会使用。我个人的体会就是，如果眼睛比较大的MM，平日上班的时候没有必要使用眼影和眼线，不然看起来会太夸张了。我只有在需要参加宴会或者去酒吧的时候才会涂上眼影和眼线，有时候上个烟熏妆，偶尔惊艳一下就可以了。

因为我每天上班前都比较匆忙，如果时间来得及，我会画条内眼线，然后刷上睫毛膏。

◆ 睫毛膏

我一般出门都会使用睫毛膏和画眼线，有时候不用，我妈妈都拒绝跟我出门呢。

◎ 可以容许自己素面朝天出去吓人，但是睫毛膏却绝对不能不用。

◎ 对于我来说，睫毛膏是最重要的。平时出门的时候，我一定会使用睫毛膏。我的眼睛很大，但是因为近视眼的缘故看来比较没有神采，用上睫毛膏之后，就会感觉眼睛整体看起来神采奕奕的，眼睛也会显得更大。所以，睫毛膏可以说是我每天必须要做的功课和步骤。

◎ 我出门非擦不可的一定是眼线。对我而言，眼影的作用是增加正面的轮廓感，睫毛膏的作用是增加侧面的轮廓感。可是眼线的作用却可以直接把眼睛"撑"大一倍！而且我的脸很大、很圆，如果单靠腮红和阴影看起来只能比较立体，却无法做到小脸的效果。曾经有一位化妆师朋友告诉我，如果要想显得脸小，最直接有效的方法就是把眼睛的印象感占到脸的三分之一！所以眼线，而且一定是纯黑色的眼线是我的小脸法宝，每天都不可缺！

G uide 花花挑货语录

◆ 挑选眼影

○ 用眼线液画出来的线条容易觉得生硬，比较适合舞台妆。用眼线笔画出来的线条则容易晕染。如果想突出眼部的话，可以直接用黑色的眼影画眼线，效果会很自然。

○ 一般来说还是粉状的眼影比较好用，我觉得膏状的眼影用起来其质感和效果不如粉状眼影的效果自然轻盈，当然膏状的眼影最大的优点是可以迅速补妆，方便随身携带。

○ 我的绝大多数眼影都是粉状的。这是因为我是油性皮肤，所以感觉粉状的眼影比较适合我。而且我比较喜欢力求自然的妆效，粉状的眼影比较好把握，可以清清淡淡打造自然的感觉。

我也用过膏状的和液体状的眼影，总感觉自己化妆的功力不够，使用时很难得心应手，不小心就会把颜色用得太夸张，而且过一段时间脸上出油后也容易花妆。

◆ 挑选眼线

○ 眼线胶是我的新宠，而且使用比较好上手，颜色浓淡控制方便，又不容易晕染，可以说结合了眼线笔和眼线液的优点。 眼线笔是刚开始画眼妆朋友的好帮手，我自己也是用了很长时间眼线笔才开始尝试眼线液的，眼线笔的缺点就是线条比较容易晕开。眼线液比较难画，优点是有很清楚利落的线条感。我比较推荐欧美系的眼线液，饱和度比较高。

◆ 挑选睫毛膏

睫毛膏我偏爱卷翘型的。我也用过纤长或浓密型的，个人觉得睫毛卷翘比较重要。首先，我的睫毛很长，只是颜色淡而且很直，所以不需要再拉长，只需要用黑色睫毛膏让睫毛颜色分明就行了。其次，卷翘的睫毛最让我喜欢的是会让人的眼睛看起来很明亮很媚。至于浓密效果的，一般使用后看起来不太自然，只有画烟熏妆或者晚上参加Party追求很夸张的效果的时候才适合使用。

其实谁又能真正明白呢？你的蓝色眼影里面，可能含有红色、金色……

能够说出"你的蓝色眼影很秋天"这样的话来，那他算是男生中的极品了。

眼影差不多是女孩子最后的堡垒了。

花花操作指南

在挑选眼影、眼线和睫毛膏的时候，也有一些基本的小技巧，掌握这些技巧就不难挑到好品质的产品了。

◆ 如何挑选眼影

眼影的首要作用就是要赋予眼部立体感，并透过色彩的张力，让整个脸庞迷媚动人。好的眼影颜色搭配，不仅能突出眼部的特点，更能增加眼部立体感，起到锦上添花的作用。含有亮粉的浅色系列可以体现出青春活泼，比较深的颜色，如紫色、蓝色、金棕色等，会显得成熟、性感。

现在比较流行的眼影产品有：

○ 粉状眼影

粉状眼影目前也分为珠光和哑光两种，粉状眼影由粉状压缩而成，易于携带和使用，选购时要注意看粉质的细腻程度、丰润程度，涂抹少量在手背上可以辨别出颜色的饱和度。

速配人群：化妆手法较易掌握，营造的妆效沉稳、大方，比较适合都市的白领女性，用来营造干练、精致的形象。

优点：粉状眼影容易上色，与另外两种形态的眼影相比，其持久力最佳，也适合描绘细节及几种颜色的过渡。

缺点：一天下来会有浮粉的情况。而且，粉状眼影不适合单色渐层效果的眼妆，容易给人以厚重的感觉，想营造渐层的眼妆效果，建议选择质地轻薄液体眼影打底，再搭配粉状眼影。

小窍门：在使用粉状眼影前，可先用保湿露涂抹于眼睛的四周，或在涂抹粉状眼影后，以蜜粉定妆，帮助增加粉状眼影的持久度。多色眼影盒中必定有一个最深色，用它来描画眼线是不错的办法。

保质期：粉状眼影因不会发生氧化，可保存3年左右。如有油分析出、干裂、粉碎为细屑则不要再用。

建议：选择一款价格贵一点，多色组合的粉状眼影绝对没错。大品牌贵的眼影盒在持久力、色彩饱和度、色调搭配上都有明显优势，对于上班需要经常化妆的人来说，虽然贵一点但相当实用。

○ 液状眼影

液状眼影因为质地轻盈、光泽通透而成为眼影的另一热门之选。选购时要注意挑选含油分较小、易干、易上色的产品，好的液状眼影能瞬间干燥但却保留液体的质感。

速配人群：对彩妆颇有使用心得的人。光泽感超优，适合营造时下流行的珠光妆效，绝对是派对、晚会公主们的绝佳伴侣。

优点：液状眼影滋润性好，特别适合描画晚会上轮廓线分明、颜色夸张、几何形状的眼妆。

缺点：易脱妆，持久力差。因为液状眼影能在瞬间就变干，因此想晕染自然相当困难，如果不是化妆高手，不建议使用。

小窍门：液状眼影的用量难以控制，使用时应先取少量于手背上，再以指腹蘸取使用。单独使用液状眼影，颜色的显色效果不如粉状眼影突出，可以采用重复涂抹的方式，在眼睑的褶皱处，反复涂抹加强效果。

保质期：液状眼影的保质期为1～2年 。

建议：液状眼影与粉状眼影搭配使用后，不易补妆，还容易出现脏污的感觉，所以下笔要利落肯定；如果换之与液状眼线搭配使用效果会更好。

◎ 膏状眼影

膏状眼影是含油分的眼影，通常质地较浓稠，能营造充满光泽感的妆效，让眼妆水润、轻薄、透明。

速配人群：特别适合牛刀小试的化妆新手！

优点：膏状眼影是使用最方便、简单的眼影，因为无需借助任何化妆工具，只用手指就能将其推匀，妆效自然，非常适合日常使用。

缺点：膏状眼影因为富含油分，因此极易脱妆。很多人因为经常眨眼，而使得眼皮处出现一条白线，非常难看。因此，使用膏状眼影时要注意随时补妆。

小窍门：用干净的指肚蘸取少量膏状眼影，然后轻轻拍在眼皮上，"拍"的动作会比"抹"更容易上色均匀。如果你选择用小刷子涂抹膏状眼影，建议选择人造纤维或尼龙制成的眼影刷，这样的刷子毛质较动物毛刷略硬，比较容易将质地略黏稠的膏状眼影涂抹均匀。

保质期：膏状眼影的保质期为1～2年。

建议：购买时反而不要挑选太过油润的产品，太容易"花"妆；新手可以选择价格便宜一点的产品，当掌握一定技巧后，可以尝试与粉状眼影搭配使用；眼线液要用笔状，配合纤长睫毛膏，妆效会更清新。

眼影的挑选要点：

①粉质细腻，容易涂抹。

②显色度高。

③持久度好，不易脱妆积线。

④颜色适合，偏黄肤色适合用大地色系、白皙肤色适合用明亮色系。

⑤光泽度佳。

◆ 如何挑选眼线

眼线的粗细长短，可以改变一个人眼睛的形状，并起到修正眼部缺陷的作用。比如在眼线的中心部位画粗一些，眼睛就会短一些大一些；在眼尾将眼线适当延长，眼睛就会狭长一些；下眼线比上眼线画粗一些，眼睛的位置就会降低，显得面部更活泼；上眼线画得更强调一些，会起到抬高眼睛位置的作用，显得成熟稳重些。

在市面上你可以买到眼线类产品有以下几种：

◎ 眼线笔——适合初学者快速入门的产品

眼线笔一般都有自然、柔和的特点，可以描画出自然有层次的妆效，比眼线液更易掌握。但大多容易晕妆，在涂用之后，可以按照眼线形状，压上同色系的眼影粉即可改善晕妆的问题。防水的眼线笔(液)才需要使用专门的卸妆品卸除。

○ 眼线液——适合眼线高手使用的工具

眼线液一般都不会晕染，使用起来线条流畅、清晰，眼妆逼真、突出。但眼线液一定要多涂几次，并且一次不要蘸太多量，少蘸多取，描画时笔尖一定紧贴睫毛，并用背面的棉棒晕染以保持均匀效果。另外，建议初学者使用笔尖略粗的产品，因为刷毛较硬，容易掌握。

○ 眼线膏（胶）——初学者和高手都适用

眼线膏（胶）在质地上介于眼线液和眼线笔之间，要使用专门的眼线刷，既有眼线笔容易描画的特点，也兼具眼线液线条流畅清晰的好处，是近年来备受推崇的新型眼线产品。

眼线的挑选要点：

①易操作，眼线笔和笔状眼线液适合新手。

②质地顺滑，眼线要质地顺滑才能画出流畅的线条。

③持久度好，不易晕染。

④易卸妆，不会色素沉淀。

⑤颜色适合，日常用黑色或咖啡色，搭配眼妆颜色也可使用彩色眼线。

⑥对眼睛无刺激。

◆ 如何挑选睫毛膏

睫毛膏，可以让你的睫毛更加卷翘、浓密、纤长，眼睛更有神。东方人一般准备两种颜色的睫毛膏就可以了。毛发颜色深的，准备黑色和透明色；毛发颜色浅的，用咖啡色和透明色。彩色的睫毛膏适合年轻娇艳的小女孩或盛妆场合，平时可以在用了本色睫毛膏以后适当刷在睫毛尖上，增加效果。

市面上的睫毛膏又分为纤长型、浓密型和卷翘型三种，可以根据自己的需求挑选适合的类型，也可以几种睫毛膏搭配使用，制造更迷人的睫毛。

◎ **纤长睫毛**：轻轻眨眼，增添出几许灵动俏皮的味道，让你微笑的双眸顷刻流露无限风情。

◎ **浓密睫毛**：使眼睛显得更为饱满、深邃，妩媚性感。

◎ **卷翘睫毛**：创造芭比娃娃般的梦幻大眼，甜美佳人的最爱。

睫毛膏的挑选要点：

①持久度好，防水防油，不易晕染。

②不粘连结块。

③对眼睛无刺激。

④对睫毛有滋养效果。

ID：零食物语
年龄：25 岁
脸部肤质：混合性偏油
所在城市：黑龙江省哈尔滨市

精选花花心得

平时出门前化妆，我一定会用到眼影和睫毛膏，眼线对我而言也是必不可少的。

我平时都戴框架眼镜，为了眼睛看起来有神，眼线和睫毛膏都可以适度的夸张一些。眼影的颜色其实不是特别重要，因为有镜片挡着。但是光影明暗一定要画出来，眼睛的轮廓对我来讲是最重要的，所以眼线和睫毛膏这种放大眼睛的强效品一定要出场。如果要眼部感觉更清纯干净，可以用深色眼影来代替。不管是化浓妆或是淡妆，睫毛膏都是万万不可忽略的。如果说眼睛可以放电，根根分明的睫毛就好像强大电场放射出的电流一样，可以在一瞬间牢牢抓

住旁观者的心呢。

◎ 眼影挑选原则

①粉质细腻而且服帖，当年迪奥 Christian Dior（"Dior"在法语中是"上帝"和"金子"的组合。以他的名字命名的品牌Christian Dior，简称CD，自1947年创始以来，一直是华丽与高雅的代名词，不论是时装、化妆品或是其他产品，CD在时尚殿堂一直雄踞顶端）的眼影就曾经让我惊为天人，擦上之后眼影很快就和皮肤融合在一起，感觉似乎眼皮本来就是这个颜色一样。

②显色度好，看起来和擦上的颜色一样，不会变浊，也不会难上色或上色太浓重。

③持久度要好，虽然现在有很多眼妆打底的东西可以提升眼妆的持久度，但是最好还是一步到位的比较方便。

④我不喜欢与人体颜色相差太大的颜色，如蓝色、绿色等，看起来会过于艳丽，小部分的点缀还是可以的。

⑤我偏爱日系的眼影，因为有美丽的珠光和亮粉，使眼睛看起来好像水晶般透彻。

⑥我用过粉状、膏状、液状三种质地的眼影，最常用的还是粉状眼影。

a.粉状眼影：变化比较多样，即便是同样的颜色，还有很多的区别，比如有珠光的、无珠光的、带各色亮片的、有金属色偏光的……小小的变化就可以打造不同的风情。此外，粉状的眼影方便控制范围和深浅程度，适于晕染和叠擦。虽然膏状眼影可以晕染，但是叠擦的话颜色会混在一起，变得很难看。而液状的眼影无法晕染，并且由于液状的关系，比较难于抓住范围。

b.膏状眼影：使用方便，用手指简单擦擦就可以画出很漂亮的渐层。用来打底的话可以加强后续眼影的持久度。

c.液状眼影：也可以用作打底，强调闪亮的可以用作眼妆最后的topcoat（外套）。单用液状眼影的话颜色可能会过淡。

◎ 睫毛膏挑选原则

①我的眼睛比较敏感，所以选择不会熏眼睛、不容易掉屑、卸装比较容易的睫毛膏。

②睫毛膏一定要选黑色，可以使眼睛的轮廓分明，同时浓密的黑色睫毛也能起到眼线的作用，使眼睛放大。

③油眼皮和爱哭的女生还是选择防水性高的睫毛膏吧，在重要的人面前变成熊猫会很难堪的。

④睫毛膏3个月就要更换，所以像我这样睫毛本身条件就不错的女生，就不用花太多钱在睫毛膏上了。

⑤我偏爱纤长型的睫毛膏。我睫毛本身的条件很好，长、浓密而且还自然地上翘，下睫毛也很长。所以睫毛是很让我省心的部分，我只想再加强睫毛的存在感就好了。我的心得是根根纤长的睫毛才是至in，浓密到结块的睫毛已经out了，过于浓密的睫毛看起来显得妆感很浓而且孩子气。

◎ 眼线挑选原则

①画眼线是很多人都头疼的。所以一定要选好上手的产品。新手推荐使用眼线笔。

②特别对爱化内眼线的女生而言，要购买防水、持久、好卸、品质好的眼线产品。

③日常使用时，黑色和咖啡色是最好的选择，彩色的眼线笔对于放大眼睛的作用不大。不过化特殊颜色的妆，彩色眼线笔就会起到画龙点睛的作用。

④喜欢闪亮的话，应该投资一款透明珠光眼线液，可以打造泪光闪闪的感觉，只是……很难卸妆。

嘴唇是用来性感的

——唇膏、唇彩怎么挑

花花心情

　　化妆品店里一排排的唇膏或者唇彩姹紫嫣红，真是漂亮啊。

　　有关唇膏的想象太过香艳了，明珠点绛唇又或者是以吻封缄。

　　生活中的唇膏使用是一门复杂的科学。据说生活在北极的爱斯基摩人，可以分辨出上百种白色。那么一个聪明的女孩子，是不是也应该分辨出数十种不同颜色的唇膏呢？

　　我们常说，认真的女人最美丽。美的最高境界是浑然天成的，而这个震撼的词背后隐藏着的真正含义是：天生丽质总要千锤百炼，才能随心所欲。

花花护肤语录

○ 我出门前都会涂唇膏，因为我的唇色比较苍白，所以擦了唇膏看起来精神一点。我化彩妆时也会搭配眼妆的颜色来选用不同颜色和质地的唇膏或唇彩。一般来说，上班和大风天就用唇膏，低调一点，而且不太容易黏上比如头发之类的东西。唇彩是配合彩妆用的，要强调眼妆时，唇彩颜色就低调些；要强调好气色时，唇彩颜色就鲜艳点。

○ 我一般是使用唇彩的，唇膏使用的比较少。因为觉得唇膏比较黏，而且没什么水分，没有唇彩那种很滋润的感觉。

○ 我不是很喜欢唇彩，觉得有些油腻、不清爽，而且使用后给人舞台妆的感觉。我比较喜欢国外时装模特们的唇妆，使用一层遮盖产品和一层裸色唇膏，唇部颜色几乎和皮肤融为一体，非常的干净清淡。大家也可以找航悦（中国著名造型师）的作品来看看，一些封面女郎的特写，嘴唇颜色都是浅浅淡淡的，偶尔提亮一点，许多艳丽的女明星都被他改造得楚楚可怜。

○ 我喜欢比较唇彩。因为我是眼妆浓妆派，所以唇妆颜色就要淡一点，而且唇彩水水亮亮的，可以增加嘴唇的厚度，很可爱。如果喜欢突显唇妆的话就选唇膏，颜色上比较明显一些。

花花挑货语录

◎ 润唇膏要够滋润，最好有润色效果。我对唇膏的要求是颜色要漂亮持久、轻盈显色、水润，我不喜欢不脱色的唇膏，感觉会比较干。唇彩持久度要好，我偏爱闪闪的那种，但是不能太黏，总是黏到头发特别烦人。

◎ 我对唇膏、唇彩的要求是：①颜色要淡，我喜欢偏米色和偏橘色的颜色，不喜欢粉色，因为我觉得如果粉色不够正的话，会显得很土。②要有亮泽感，但不是珠光的，我不喜欢嘴上看上去一片亮粉，感觉不干净，而且好像吃下去会中毒似的。③保湿，一定要保湿，我讨厌干干的嘴唇。

◎ 唇膏要保湿滋润，唇彩要透气不黏。唇膏和唇彩我都不喜欢含亮片的。我建议不要选择杂牌子的唇彩唇膏，因为很容易被自己吃下去，再就是担心色素沉积造成唇色变深。

◎ 唇膏当然要越滋润越好了，我喜欢涂起来像无色护唇膏一样，甚至要涂好多层才显色的那种。现在很流行有透明感、涂起来好像唇彩的效果一样的唇膏，所以显色程度这方面其实不必太在意，颜色喜欢就好了。不过对于唇色较深的MM而言，还是要选遮盖力稍好些的，否则浅色的唇膏画在深色的嘴唇上，根本就是白搭。一般来说，雾面或者哑光感的口红大多都不够保湿，而且标榜不脱色的唇膏通常也都是干得可怕，所以我通常都不会选择。如果喜欢哑光的妆感，可以用普通的无珠光的口红上妆，再用少少的蜜粉遮盖一下就好了。至于持久度，虽然不会选不脱色的唇膏，但是也要挑不要太容易脱妆的。尽量选掉色后颜色多少还在，或是颜色与本身唇色相差不大的唇膏。

对于唇彩，首先也是要选择高保湿度的。有些唇彩涂起来容易造成嘴唇上积线，有的时间长了还会使嘴唇脱皮，这些唇彩都是要列入黑名单的。唇彩的显色度也是考虑的重点，因为唇彩的透明度较高，显色度不好的话，唇色会变得很奇怪。可以选择显色度较高、较稠厚的唇釉或是液体唇膏，问题就可以解决了。现在很多唇彩中都加入了亮片，所以唇部卸妆就变得很重要，还有最好不要选择亮片太大的，感觉不够安全。

有关种种的想象大过于贪婪了。明珠点缀眉又或者是以吻封缄。听说生活在此根的爱斯基摩人，可以分辨出上百种白色。天生丽质总要千锤百炼，才能随心所欲。

花花操作指南

"假如你只能拥有一个化妆品，你想要的是什么产品？"有调查结果显示，95%以上的亚洲女性都选择了唇膏，这说明了唇膏在她们的心目中多么重要。唇膏是一个很神奇的东西，它能瞬间提升你的气色，让你在人群中亮眼起来。当然，前提是你选择了适合的唇膏。那么，什么是漂亮地使用唇膏的标准呢？

○ **唇膏**

唇膏就是最原始、最常见的口红，一般是固体，质地比唇彩要干和硬。唇膏的好处就是色彩饱和度高，颜色遮盖力强，而且由于是固体，一般不容易由于唇纹过深而外溢。用它来修饰唇形、改善唇色是最合适不过的了。

唇膏可以使你的皮肤看上去更细腻白皙、笑起来牙齿更光洁明亮、眼睛更炯炯有神，使得原有的斑点及皱纹都不明显，连头发看起来都显得更黑亮。肤色白皙的人适合粉色系唇膏，而肤色偏暗偏黄的人适合橘色系唇膏。

不过要注意的是如果你的服装颜色得体的话，使用唇膏的效果也会很好，但如果你的服装颜色不对，使用唇膏就会把我们亚洲人黄皮肤中的黄、绿和咖啡色都反衬出来，使我们看上去显得像生病似的，萎靡不振。总之，只要选择了适合你肤色和服装颜色的唇膏，就能让你焕发更美丽的光彩。

○ 唇彩

唇彩，也是唇部化妆品的一类，是近年来才出现的。与唇膏不同的是，它一般是黏稠的液体，色泽比传统唇膏更加亮丽，更多变，但从持久度上来说，则不如唇膏。唇彩的好处在于能够很好地遮盖唇纹，比固体的唇膏滋润度更高。

在日常使用中可以把唇膏和唇彩搭配起来使用，先使用色彩饱和的唇膏给唇部做颜色打底，再在唇中央涂上光泽度强的唇蜜，就可以塑造出立体的唇形。

◆ 如何挑选唇膏、唇彩

无论是挑选唇膏还是唇彩，最重要的就是成分安全和滋润度高，其次才是色彩、光泽等方面的要求。

○ 成分安全：

唇膏和唇彩是用在嘴巴上的，非常容易被吃下去，一支好的唇膏一定是成分安全、对人体无害的。在挑选的时候注意购买正规厂商生产的唇膏、唇彩即可。

○ 滋润度高：

嘴唇是人体最干燥、最需要滋润的部位之一，它本身不分泌油脂，所以尤其需要多加保护。唇膏的滋润度不够会造成唇纹明显，甚至脱皮龟裂等后果。挑选唇膏一定要选择水润保湿的，才能给嘴唇最好的呵护。

○ 颜色：

一般说来，肤色白皙的人适合粉紫色系，肤色暗黄的人适合橘色系。

近年来流行"裸唇"妆感，其实不同肤色使用的裸唇色应该也是不同的。皮肤白皙的人可挑选偏粉的裸唇色，才不至于显得病态；皮肤暗黄的人挑选偏橘的裸唇色可以综合肤色中的黄，让脸色更好。

ID: ilovelulucat
年龄：28岁
脸部肤质：混合性
所在城市：湖北省武汉市

精选花花心得

如果没有工作不出门时，我都会使用润唇膏。女人最容易老化的其实是嘴唇，随着时间的推移、太阳的照射等因素，嘴唇的褶皱会越来越多，唇色也逐渐变得很深，人看起来很老态。因此选择一支带防晒指数的滋润唇膏可以给嘴唇安全的防护。

如果有重要的工作，我就一定会挑一款合适自己气质的唇膏来提亮气色，让自己看起来更优雅。一个法国名模曾经说过，嘴唇是用来说话的，也是用来性感的。涂上亮泽动人的唇膏，整个人顿时神采飞扬起来，这样的魅力只有唇膏或唇彩可以带给你。

怎么样来选择合适自己的唇膏呢？我的要求是淡妆的润唇膏要无色、吸收好、能做到深层的滋润，彩妆的唇膏颜色要和我的皮肤或者妆容相搭配。

● 要够滋润

唇膏本身比较滋润，涂上后嘴唇颜色看起来就显得很水嫩。在干燥的时候，我会用透明的润唇膏来打底，这样之后使用的唇膏显色度就好，保持湿润的时间也比较长，色彩保持的时间也要稍微长些。

我不喜欢那种不脱色的唇膏，因为卸妆很麻烦的。让唇膏颜色稍微保持持久一点的小秘诀是先涂一次唇膏，用纸巾按几下，把浮在表面的唇膏吸掉，再涂一层，持久度就增强了。

我喜欢唇膏和唇彩的互相搭配使用。偶尔也会直接涂唇彩，但一定要涂很轻薄，否则容易让人感觉很厚重，失去了明快的特色。我就是将唇彩点在嘴中央，再用手指晕开。

选适合自己的唇膏、唇彩颜色

挑选冷暖两色唇膏先后涂在唇部，观察能使你肤色亮起来，面部瑕疵和黑眼圈不明显的色系就是适合你的唇膏色。然后在这个色系中选出深浅两色，再配上一支唇彩就能让你自如地搭配任何场合的妆容了。

一般来说，唇彩的颜色应该与服装为同色系或近色系。中性色彩的服装则可根据肤色自由选择唇彩颜色。中性色彩包括：白色、黑色、深咖啡色、灰色、中性蓝色及金色、银色。而如果穿紫色系衣服，就要选择粉紫色系的口红；穿红色系衣服则最好搭配酒红色或水红色的唇彩。

面部妆容整体感觉清淡者，应当配合涂抹淡粉、浅橘、桃红等自然色泽的唇彩。而如果妆容浓艳的，则可搭配酒红色、大红色、紫红色、金色等颜色的唇彩。有时候深邃的眼妆配很淡的唇色，或者只涂一个深色口红也会令整体妆容更惊艳。

送花的手，留花的香

——护手霜、指甲油怎么挑

花花心情

　　有些女孩怕手部皮肤变坏而不做家务，但试想想一个女人从不做家务，生活会快乐吗？比如洗印着小花的漂亮碟子，洗自己珍爱的水红色真丝外套，这些家务真的既伤手，又伤心吗？

　　有些女孩子手很漂亮，她们开心地说，因为从来不做家务；有些女孩子手很粗糙，她们很心酸地说，因为要做家务。

　　这让我觉得可惜。手是生活态度的指标，不是生活质量的指标。爱惜手不等于从不做家务，正如爱家务也要爱惜手一样。

　　从来，护手的产品都是最便宜，也最有效的。

　　送花的手，留花的香，做家务的手，传递爱的香……

花花护肤语录

◆ 挑选护手霜

我选择护手霜的基本要求是滋润而不黏腻、吸收快。冬季使用的还要有防冻疮、防皲裂的功效。

我对护手霜的要求是要具有很好的保湿功能。我不怕护手霜油，因为涂上吸收后一会就不油了；也不喜欢清爽易吸收的手霜，对我来说像没涂一样。

夏季我一般选择保湿型的护手霜。这种护手霜相对要清润一些，有较好的补水效果，但一定不能油腻，最好是那种用完之后感觉不到涂过护手霜，有润

物于无声那种感觉的护手霜。同时夏季手也要考虑防晒，我一般是先用护手霜再用防晒霜。冬季的护手霜我选比较滋润的那种，但滋润不等于油腻，应该是那种滋润而不油腻的护手霜。

我每天都用护手霜，一天洗好几百次手就用好几百次护手霜，有时候也用身体乳代替。

◆ 挑选指甲油

我挑指甲油，首先是看牌子，然后才是颜色、光泽度、上手的效果。一般是要在柜台试好才买的。选指甲油

的要求首先是质量要过关，是正规厂家的产品，颜色和光泽度要看个人偏好。另外，持久度要好，快干也是首选因素之一。

　　挑指甲油的要求有三：第一，颜色要漂亮，符合自己的心意。与手本身的颜色、唇彩还有服装的色彩相协调。我手的颜色有点偏黄，我一般选择偏白和白中带点粉色的指甲油，这样手的颜色看起来更亮丽。我喜欢用浅色系的指甲油，这样手看起来更修长和纤细。第二，要容易涂抹，干得快，而且持久不容易掉色。第三，味道要纯正，不能有刺激性的味道，虽说指甲油干了之后是闻不到味道的，但涂抹过程中的味道是检验指甲油本身品质的一种重要的方法。有刺激性味道的指甲油，经常会含有一些挥发性大的溶剂、助溶剂和稀释剂，或者是颜料和染料的材料不够纯正，杂质多。

花花挑货语录

◆ 护手霜

选择一款合适的护手霜是手部保养的有效方法。很多人认为只有在秋冬季才适合使用护手霜，夏季气候炎热潮湿，并不需要护手霜，其实这种想法是不对的。夏季强烈的紫外线会晒黑皮肤，也会让皮肤干燥老化，所以夏季也不能忽略对手部的护理。如今护手霜的种类繁多，不同工作环境对手部皮肤造成的伤害也不同。因此，不同的人群要选择不同类型的护手霜。

护手霜根据其不同成分可分为防护型、保湿型及活肤型等多种类型，选用时要根据不同的需要进行保养。

○ 经常做家务者：手会接触洗洁精、皂液等碱性物质，手部肌肤容易受到腐蚀而变得粗糙。可经常涂抹标有"天然果油"类配方的护手霜，这类护手霜含有天然胶原及维生素E等修复性元素，其中的果酸等成分对碱性物质有极强的综合修复作用。另外，使用护手霜的同时最好配合使用其他的护手措施，如在做家务和其他劳动时最好戴上外层橡胶、内层棉质的手套，以保护双手不受腐蚀。

○ 白领上班族：经常在空调写字楼里对着电脑进行工作，由于空调房间里湿度低，再加上电脑辐射，手部比较干燥，需要天然营养物质的滋润，可选用滋润保湿型护手霜。这一类护手霜含有保湿因子，可以滋润双手，保持双手的柔嫩。

○ 长期户外工作者：由于风沙会对皮肤产生刺激，并且紫外线的强烈照射也会损伤皮肤，因此建议选用防护型护手霜，以修复被风吹日晒严重伤害的双手。

◆ 指甲油

指甲的修饰是每一位爱美女士必不可少的工作，其中，指甲油的选择和好坏起着很重要的作用。在日常生活中，我们可以用不同颜色、不同质地的指甲油来搭配服饰和妆容，让精致的指甲也成为一种优美的饰品。指甲油的选择应该与个人的职业、服饰的色彩相搭配，才会起到画龙点睛的作用。东方女性因其肤色偏黄，灰色系、黄色系的指甲油涂抹在指甲上会使肤色显得更加灰暗，没有光泽。

上班族或学生：应该选择典雅、稳重的红色系、浅粉色或半透明指甲油，会使人感觉更加自然、不夸张。

成熟端庄的女性：不妨选用浅黄色、银灰色指甲油涂成的法式指甲，会给人以典雅、秀美的感觉。

希望手形显得纤长白皙的女士：可以选择鲜艳的玫瑰红色的指甲油，使手指更有纤美的感觉。

喜欢突出个性的女士：不妨选用流行色系的指甲油，如亮白色、银色、金属紫色等，再配上与众不同的服饰，一定令人耳目一新。

参加晚宴或社交活动时：应选择金色、红色、紫色等具有华贵质感的指甲油来搭配晚礼服，会使人更加耀眼。

ID：Joying
年龄：25 岁
脸部肤质：混合偏油性
所在城市：北京市

精选花花心得

护手霜：每天使用护手霜N次，全年不间断。我比较有洁癖，每天洗手都会超过20次，每次洗过手一定要使用护手霜。所以我挑选护手霜一定要不油腻且滋润、有香味的，不能有洗手洗不掉的感觉。

我买过很多品牌的护手霜，始终最爱欧舒丹L'OCCITANE（来自法国普罗旺斯的护肤品牌，所有的原料都来自植物）的系列护手霜（马鞭草、薰衣草、乳木果油）。

①马鞭草清凉手霜适合在夏季使用，使用后手有凉凉的感觉，虽然没有同系列的身体啫喱那么强劲，也是补水又清新的好东西。

②薰衣草手霜：L'OCCITANE家薰衣草系列产品是获得A.O.C.认证（产地认证）的，普罗旺斯地区盛产薰衣草，它的气味提神而不刺激，连我这么讨厌薰衣草味道的人都愿意使用，霜质非常细腻，迅速补水，包装不大，是春夏秋三季的理想化妆包伴侣。

③乳木果油系列的产品我一直不愿意碰，因为我只喜欢有香味的产品。某次在国外鬼使神差买了回来，后来临时找不到手霜，涂了一下，结果比想象中好。它有淡淡清香，开始感觉有一些油，不到一分钟就迅速渗入肌肤，手也明显嫩了，建议在冬季使用。

指甲油：周一到周五我会保证指甲油完好无损，周末一般卸掉。我觉得选择指甲油和买车时候看车漆是一个道理。哑光漆一般比较软，洗手多了容易掉色；金属漆相对有一定硬度，洗手的时候不容易掉色，但是如果质量不好亮片就容易掉，用手拿东西吃的时候把亮片吃进肚子里可就不好了。所以我挑指甲油的准则一定要哑光漆不易掉色、均匀好涂，并且易于卸除。

　　我最爱安娜·苏ANNA SUI的指甲油，因为指甲油干后还有持续不断的香味，而且在颜色上也可以满足我的需要。

洗甲水小花的满溢瓶子，沈自己珍爱的水红色真羊外套

手是生活态度的指标，不是生活质量的指标

送花的手，留花的香，做紫薇的手，传递爱的香

藏不住心思的头发

——头发护理品怎么挑

M ood 花花心情

20世纪80年代，有一个最令人印象深刻的时尚，时髦的阿姨们头上戴着层层叠叠的卷发器，在街上开开心心地走。那时候头发上的花样不多，来来回回就是大卷小卷，仿佛在头上绽开了一朵朵的大花小花。

20世纪90年代，电视里播的洗发水广告，画面中美女们又长又直的秀发就这么闪闪发亮地甩来甩去……

关于头发的时尚就是这样周而复始的，长了想短，短了想长；直了想卷，卷了想直；扎起来想放下，放下去又想扎起来。女人总愿意在头发上多花点心思。

古人说"三千烦恼丝"，烦恼总似发般丝丝缠绕，烦恼也总是从丝丝发端开始。心细如发，心乱如发，动辄"首如飞蓬"，女人的心思，眼睛藏得住，头发可藏不住呢。

花花护发语录

我的心得是选择洗头水和护发素可以按不同的诉求选择不同的品牌产品混搭使用。例如你想头发看起来不软塌塌的，就用标榜蓬松感的洗发露搭配标榜光亮感的护发素，不必按照品牌说明使用全系列产品。

我觉得在家做焗油护发效果好，而且方便省钱。最大的烦恼就是如何加热头发。买有电热帽的MM可以这样做：①先在洗过的头发上抹焗油膏；②再把一块毛巾弄湿，但不要拧太干，裹在头发上；③在电热帽里先加戴一个塑料的浴帽；④戴上塑料浴帽加热20~30分钟就可以了。用电热帽加热的方法很方便，就是担心会漏电。最简单的方法就是在洗过的头发上抹焗油膏，戴上浴帽，然后用热毛巾（也可以把湿毛巾放到微波炉中加热1~2分钟）包裹在浴帽上，隔5分钟更换一次热毛巾。无论如何，切记头发焗油加热完后不要马上冲洗头发，要让头发休息一会儿再清洗。另外，最好不要把精华素和营养油搅拌在一起，而是应该将精华素直接涂到头发上。

我喜欢把橄榄油掺在焗油膏里护发，这样头发会很滑顺而且不起静电。

头发造型产品我用得不少，啫喱膏、啫喱水都用过，我觉得要根据不同的发型以及期望的效果来选造型用品。现在我用的是弹力素，感觉很不错，定型自然，保湿效果好。

Guide 花花挑货语录

◆ 发膜、焗油膏和护发素怎么挑

● 发膜：给头发做倒膜的。倒膜的作用是清除头发毛囊内和皮质层中的杂质及其残留化学物质，修复发丝的损伤，同时补充头发失去的营养，使发丝达到健康、有光泽的效果。

● 焗油膏：给头发做焗油。我们有两种选择——营养油和黑油。

①营养油：补充养分，修复头发，恢复发丝光泽度。头发最多能吸收普通的焗油膏30%的营养成分，但是高品质的焗油膏能将大部分营养成分补充给头发。

②黑油：针对黑发受损、失去黑色素而作相应补充。属永久性染发油，因含有金属铝，难以脱色，使用后不能再用其他产品改变其颜色。用其他颜色，难以达到效果。

● 护发素：关闭毛鳞片，终止氧化反应，去除化学异味，让头发的pH值恢复到4.5～5.5，还有抗紫外线和防止静电的作用。如果头发受损，其pH值可达6.5以上，这时最好用弱酸性护发素，通常这类产品会标注为受损发质专用。

◆ 洗发水怎么挑

多合一的洗发水：市面上有不少二合一或多合一的洗发水，看似节约了时间和成本，其实不然。洗发水只起到清洁的作用，而额外购买的护发素才能够瞬间收缩毛鳞片，起到润滑的作用。若使用二合一洗发水，在没有冲净发丝的情况下，已经让毛鳞片收缩了，便没有达到充分清洁的目的。

在选购护发产品时要特别留意的是，所有品牌洗发水的清洁成分大致相同，选购时除了要区分干性、中性、油性发质的不同需要外，还要注意的是滋养成分对洗发水质量的影响。

首先，一瓶洗发水的容量有限，而各种舒缓、锁色因子会与清洁剂产生一定的抵触反应，所以**洗发水中含有的滋润成分和香料越多，它的去污能力就会越小**。如果购买者的目的是想保证一定的清洁力度，那么对于洗发水的各种滋养效果就只能"忍痛割爱"了。

其次，洗发水中（尤其是二合一洗发水）的碱性成分会随着泡沫的减少而减少，所以**泡沫越细腻，碱性成分对头发毛鳞片的伤害就会越少**。如果是发质不太好的消费者，挑选时应当选择泡沫较为细腻的洗发水。

最后，碱性洗发水会刺激头皮油脂分泌，所以**建议大家挑选酸性或者弱酸性洗发水。尤其是每天都洗头的人更应该选择这类洗发水，才不会天天洗却天天脏**。

◆ 造型产品怎么挑

市面上的造型产品种类非常多，由于造型产品的成分、质地、造型效果不同，根据不同的发质、不同场合，以及不同的时尚喜好，人们对造型产品的选择都有差别。我们根据造型品的不同质地来说说它们各自的效果吧。

◎ 发蜡、发泥：含丰富油脂，有很好的护发作用。在湿发状态下，可以先用摩丝打底，增加头发的质感，等头发吹干后，再用发蜡、发泥雕塑发型。特别在某些细节处理上，发蜡、发泥的定型效果比一般的造型产品更好。

◎ 啫喱：是众多造型产品中塑型力最强的产品。适合发量较多的头发，可以增加头发的厚重感，在头发半干的时候使用效果最明显。

◎ 摩丝：适合发量少、发丝细的头发。在湿发状态下使用，可以塑造头发的空间感、质感，让头发拥有细腻流畅的效果。

◎ 定型喷雾：可以保持头发湿度，也是最快、最省时的造型产品，但对于塑型要求很高的发型来说，比较难以控制造型。较硬的定型喷雾适合在塑型的最后固定造型。

◎ 弹力素（乳）：主要用来抚平头发的毛糙和凌乱，增强头发的柔顺度和光泽度。可以在头发全湿或安全吹干后均匀涂抹于头发表面。通常来说，弹力素（乳）除了定型功效外，对头发还有一定的滋润功效。

◎ 美发水：专门为受损发质准备的造型产品。干发状态时取少许于手掌，揉搓后涂于头发表面，不健康的头发会立刻显得柔亮、光泽，看起来健康了许多。

关于头发的时尚就是这样周而复始的变化如发、褪烟"背如飞蓬"，女人的心思，瞬间就被看住：头发可藏不住呢

ID：Joying
年龄：25 岁
脸部肤质：混合偏油性
发质：发梢干，发根油，发丝细而且黄，发量多
（属于掉很多长得更多那种）
所在城市：北京市

精选花花心得

因为我洗发频率很高，冬季一天一次，夏季有时候一天两次，所以我选择洗发水的标准是一定不要对头发伤害太大，并且洗完手感顺畅，头发不打结、不蓬松、不觉得干，当然也不能头皮发痒，脱发。

焗油膏一般一星期用一次，偶尔在发廊焗油，没能坚持下来。

在家自己打理时，洗好头发把焗油膏涂好，然后用干毛巾包裹好头发，塞到电热帽里蒸半小时，方便是方便，就担心会漏电，后来也不使用了。

这几年想了一个好办法，每周末去游泳，顺便蒸桑拿。每次从发根涂好焗油膏，在湿蒸房里，拿湿毛巾盖上脸，蒸上20分钟出来，就可以达到效果。

其实，如果选购了不好的焗油膏，用了和没用没什么区别。有的焗油膏甚至把所谓的营养都堆到头发表面上，头发不吸收，摸起来油腻腻的，下面该开叉还继续开叉；好的焗油膏确实能补充水分，令头发有弹性、有光泽，柔顺容易梳理。

造型品曾经用过直发定型水，感觉不好闻，头发还容易沾东西，不推荐使用。家里倒是有好多发蜡、摩丝，看到外面有人每天把自个的脑袋弄得跟七八十年代的钢丝发似的，这样其实是最伤头发的，头发要好好爱护，年纪大了才不会后悔。最后再给各位姐妹一点温馨小提示：想要很好的护理头发，造型品能不用尽量不用，如果必须用，选择温和一些的产品。

我的发质是发梢干，发根油，发丝细而且黄，头发数量虽然比较多，但属于掉很多长得更多那种。下面是我自己觉得使用后感觉不错的产品。

①欧舒丹L'OCCITANE的薰衣草洗

发水与护发素（RMB¥170元/瓶）

评价：很大的一瓶，用后有凉凉的镇静作用，发丝也很服帖，性价比很高。

②发朵PHYTO葡萄柚洗发水

（法国护发品牌，PHYTOTHERA-THRIE这品牌字面意思，代表了整个产品发展的理念，也就是以"植物（PHYTO）—治疗（THERA）—头发（THRIE）"的意思。

使用方法：每次洗两回，第二回洗时停留4分钟，可经常使用。

为使葡萄柚系列产品发挥最佳效果，请在染烫后3周里持续使用，这时是葡萄柚系列产品发挥功效的最佳时期，具有中和烫发剂及染发剂残留的碱性物质、关闭毛鳞片、鲜亮发色之功效。

评价：适合染发、烫发后头发偏干的人使用。

③威娜WELLA（国际专业美发的顶尖品牌）蕴露系列洗发水，每次使用时药水的味道很快就消失了，头发也可以保持顺滑很久，最关键的是时间长了也不觉得头发发质变差。

④我喜欢海飞丝的洗发水，使用后没有头皮屑，而且用了头发真的能又直又亮。夏季还有清凉型的可选。

⑤花王是我夏季洗发必备产品，洗完头发超级爽。而且它还非常便宜，那么大一桶可以全家用一个夏季，特别适合夏季容易出汗要经常洗发的人群。

⑥我最爱的欧舒丹L'OCCITANE蜂蜜系列中的洗发露，既可做洗澡的沐浴露，也可洗发，小孩用也可以，完全没刺激。由于不是泡沫配方，所以习惯用很多泡泡洗头的人可能受不了，但是夏天洗头频繁，对我而言正合适。

⑦我也很喜欢蜂花牌的啤酒洗发香波，一直买，使用后头发就会很顺，这款产品也不起泡沫，适合每天使用，不伤害发质。

⑧最后推荐威娜WELLA的蕴露护理焗油膏，就是我游泳以后蒸的那个，我非常地喜欢，很适合我这样染烫后的受损发质。用法很简单：将威娜蕴露护理焗油膏均匀轻揉入洗干净的头发上，并轻揉5分钟，自然停留20分钟（加热效果更佳），再用清水冲净。

热水是身体第一道护肤品

——沐浴露、润肤乳、磨砂膏怎么挑

花花心情

奶奶说过，她小时候家里很穷，可即便穷，也不让女孩子沾冷水的。

不管用什么沐浴露，或者加入玫瑰花瓣，或者用薰衣草精油，这些好处其实都是附加的，中国人就觉得，热水才是给身体最好的礼物。

热水有什么好处呢？不停地喝热水，可以治疗感冒；用热水烫过的毛巾敷鼻子，可以治疗鼻塞；用热水冲肩可以治疗肩颈痛，冲小腹可以治疗腹痛。冬天洗个热水澡，感觉很暖和；夏天洗个热水澡，感觉很凉爽。

所以，有一个可以听音乐的浴缸，或者一个上下左右都可以喷出水柱来的花洒，是一件多么幸福的事情啊。热水是身体的第一道护肤品，先享受热水，再享受其他吧。

花花护肤语录

◆ 沐浴露

沐浴露的清洁度要好，但清洁度好并不是说清洁得越彻底越好。过度清洁会使皮脂损伤，反而给皮肤带来伤害。清洁度好但不紧绷是沐浴露最基本的要求。人的皮肤是中性偏酸的，所以要选择品质天然而略偏酸性的浴液。当然，因为皮肤自身有适当调节的功能，少量偏碱性的洗浴用品也不会对人体产生损害。至于许多沐浴液所宣传的美白或其他作用，我觉得不一定可靠。像洗面奶一样，清洁才是沐浴露最主要的作用，其他作用是有限的。

我觉得沐浴露首先就是要好冲洗。不好冲洗的沐浴露，总感觉在身上糊着一层东西，不舒服，也浪费水。而一冲洗就干净的沐浴露，就会感觉非常的清爽。其次，我对每个季节使用的沐浴露会有点小小的特殊要求——夏天需要洗得干净，冬天和秋天主要要求保湿，我可不愿意做脱皮的小蛇。再次就是香的味道不要太浓，我对那种特别香的东西比较害怕。最后就是价格要实惠啦。

我挑选沐浴露的要求是滋润、清洁、芳香疗法三效合一！我觉得挑选沐浴露最重要是适合自己的肌肤。很多人因为追求简单的清洁作用而一味的去买那种泡沫多、洗完很清爽的沐浴露，但其实这种沐浴露并不一定适合所有人的肌肤。如果是中干性肌肤的MM，我认为可以适当用一些有滋润和保湿效果的沐浴露，才不会出现皮肤干裂的问题。夏天MM们要穿裙子，皮肤光滑是很关键的哦。我比较喜欢滋润不油腻，并带有一定植物香薰功能的沐浴露。因为作为一个都市女性，白天的喧嚣和压力，不仅会影响我们脸上的肌肤，同时也让身上的皮肤受到了污染和各种侵害，晚上回到家沐浴的时候一般都会觉得有点疲惫。这个时候，我会选择带有薰衣草或者是马鞭草成分的沐浴露，来缓解一天的压力，好能轻松入睡，充满活力的应对明天的挑战。欧舒丹L'OCCITANE薰衣草香薰放松沐浴礼盒、马鞭草放松沐浴礼盒等，都是不错的产品哦。

◆ 润肤乳

○ 夏天时，润肤乳我用得比较少。因为太热，涂了之后猛出汗，感觉皮肤都没法吸收进去。现在分类型、分季节来说一下。

①清爽型：主要是在初秋和初夏使用，这时温度不低，但是空气湿度较低，因此还是需要补充水分。我更多的是看中香味，因为我用过很多款润肤产品，发现滋润的作用都很有限，所以初秋、初夏时用润肤露，挑香味就行。如果是盛夏时，因为开空调，房间里空气很干燥，我会在睡觉前在腿上涂一层清爽的润肤露。

②滋润型（补水又补油）：身上的皮肤不像脸上，到了冬季也出油。即使是在南方，到了冬季身上的皮肤也干得厉害。为了缓解这种状况，我尝试了许多润肤产品，发现宣称多么滋润的润肤露都远比不上润肤霜。冬季的时候，千万不要怕涂太多东西会闷着身上的皮肤，它真的太需要补水，甚至补油了。

总结：初秋和初夏时购买沐浴露的要求是保湿和适当补水，而冬天则是大量地补水、保湿和补油。

○ 我觉得涂抹润肤乳是浴后身体保养的重点。趁着皮肤半干的时候，把喜欢的乳液涂在身体上，轻轻按摩拍打一会，对收紧皮肤很有效哦。最好是具有高效保湿、紧实提升的效果，却不油腻的产品。

○ 我对润肤乳的要求是：清爽、不油腻、容易吸收、令皮肤滋润、柔滑。另外，坐办公室的MM平时活动少，腰腹部可能会有一些堆积的脂肪，有时间的话，一定在局部定期使用一些功能性的乳液，比如碧欧泉Biotherm可可紧腹凝胶，碧欧泉Biotherm清新活力腿部凝胶等产品，都是不错的选择。

大学时开始用润肤乳，以前只是要求能滋润身体，现在是功能不同，分区域使用：去橘皮的涂肚子、腰、大腿，晒后修复的涂胳膊、小腿，滋润的涂背，紧致的涂脖子，紧实的涂咪咪。

◆ **身体去角质产品**

我挑选磨砂膏的要求是植物磨砂的粉末状的，既营养肌肤又不会对皮肤造成伤害!

我的标准是颗粒不用太大。如果是背上有痘痘的MM，可以使用含有茶树油成分的磨砂膏，因为茶树油含有抑痘成分。如果是皮肤不够亮泽的MM，可以用一些含有葡萄籽这类抗氧化成分的磨砂膏。葡萄籽中含有丰富的花青素，可以维持肌肤弹性，具有美白、清爽、保湿的多重功效，能让每寸肌肤重现光彩。

因为我是干性肌肤，所以我不会每天使用磨砂膏，每个星期会用1~2次。因为磨砂膏在去除死皮和角质的同时，也带走了肌肤部分的水分，过度使用会给肌肤带来一定的负担。

我只是偶尔用一下磨砂膏，因为皮肤很薄。磨砂膏颗粒大了觉得疼，小了觉得不干净。从小在西安长大，习惯用搓澡巾，2元钱一个，方便又好用。两个星期搓一次，可以搓掉脏脏的泥，然后擦点润肤乳，吸收非常快。

热水是身体第一道护肤品，先享受热水，再享受其他吧

中国人都觉得，热水才是给身体最好的礼物

小贴士：他小账家里很穷，可却使劲，也不让女孩子洗冷水

花花挑货语录

在选择上，不同肌肤需要选用不同的沐浴乳。

◆ 中性皮肤

这种皮肤还是比较好调理的。根据季节的变化，选择沐浴露的标准也相对明确，夏天可以选择清凉冰爽的沐浴露，要泡沫多的那种。可能有些中性偏干皮肤的MM会感觉洗得太干净有点发干，这时候就要靠润肤乳来帮你的忙。我夏天超爱流汗，一天起码要洗四次澡，有时候会更多，用那么多次的沐浴露必然会带走皮肤自身必需的并且起保护作用的油脂。如果身上只有汗水的话，MM要减少沐浴露的用量或者只用水冲，同时晚上睡觉前一定要擦润肤乳，让皮肤在夜间得到很好的休养。冬天的时候，皮肤很干燥，一定要选择沐浴乳而不是沐浴露，在洗掉多余的东西后，还能留一层薄薄的保护膜，让身体得到充分的滋养。

◆ 混合性、油性皮肤

这种皮肤夏天时容易护理，冲洗干净就行。但有些MM夏天背上爱长痘痘，这个时候就增加选择难度了。对于有痘痘的那块皮肤，建议MM用有专门消炎作用的洗面奶，也可以用硫磺皂来洗。不过特别提醒，硫磺皂刺激性挺大的，所以敏感的MM要慎用哦。同时夏天肌肤暴露在外面，灰尘细菌可就来找你了，所以最好在有痘痘的地方上涂上隔离的东西，比如芦荟胶，就能有隔离和消炎的作用。

冬天，混合性、油性皮肤的MM依然要选择清洁效果好也稍微带些滋养效果的沐浴露。因为这类型的皮肤在冬天分泌的油脂会更多，尤其是后背。所以如果MM是这类型皮肤的话，你总会觉得后背不干净，但是在你把后背洗干净的同时，也要进行适当的滋养。洗得太干净了，反而会误导皮肤，给皮肤一个需要油脂的错误信号，导致它出油出得更厉害！

◆ 干性皮肤

干性皮肤的MM由于皮肤较干，在选择沐浴露时一定选择有滋润作用的。这样身体才能在沐浴后不那么干燥。另外要特别留意和润肤乳配合使用。

另外，判断沐浴露好坏有四个方面需要注意：

①泡沫度。一般泡沫多而且泡沫较为细的较好。

②酸碱值。要用pH值在5～6之间，属弱酸性的沐浴露较好。

③渗透力。把沐浴露直接涂在皮肤上，看皮肤对沐浴露的吸收情况。一般能吸收，而且皮肤感觉较舒服的沐浴露较好。

④融盐度。把少量的食盐放到一块玻璃上，再滴一滴沐浴露，用牙签搅拌，如果沐浴露可以融化掉食盐，则沐浴露较好，反之则较差，最好不要使用。

◆ 润肤乳

皮肤很容易受到外在环境、压力、老化等因素影响，失去其油水平衡的状态，呈现干燥、粗糙、暗沉等现象。润肤乳可以帮肌肤锁住水分，提高皮肤含水度。这样皮肤才能有适度的水分与油脂来维持其润滑、光泽的外观。

季节不同，皮肤的状况也不一样，所以需要使用不同的润肤乳。

春季和夏季时，空气湿度大，适合使用质地轻薄、滋润度适中的润肤乳。这样既能滋润肌肤，又不会让肌肤太油。

秋季和冬季时，空气湿度小，适合选用质地厚些、补水补油效果好的润肤乳。这样皮肤就不会因为太干出现皱纹。

◆ 磨砂膏

磨砂膏，是指含有均匀细微颗粒的乳化型洁肤品。主要用于去除皮肤深层的污垢，通过摩擦皮肤，可以使老化的鳞状角质脱离，去除死皮。大家挑选磨砂膏时一定要试试磨砂颗粒是否圆滑，不要过于坚硬。

在使用磨砂膏时，不管是在美容院还是自己DIY，按摩动作都一定要轻柔。同一部位按摩5次就可以了，不宜过多。如果用力过大也会伤害皮肤。

磨砂膏比较适合油性和混合性皮肤使用，敏感性皮肤慎用，过敏性皮肤不能使用。皮肤有的部位角质层过厚时，也可以采用磨砂的方式来使肌肤光滑。比如长有粉刺的部位，使用磨砂膏能去除死皮，也有助于油脂的顺利排出，还有一定的治疗作用。

一般而言，磨砂膏使用次数为：油性皮肤每两周使用1次；干性皮肤或者脸部皮肤很薄的人每个月使用一次；中性或混合性皮肤每两周1次，可以只在T字部位使用；另外，混合性的皮肤也可以在皮肤较油或者较粗糙的部位局部使用。

ID：Joying

年龄：25 岁

脸部肤质：因为天天洗，身上没什么油又不爱出汗，皮肤算是比较干，而且按身体不同部位，干的程度不一样。

所在城市：北京市

精选花花心得

我平时沐浴露与香皂都会使用，沐浴露作为香皂的替代产品占据大部分市场，其中有日用品公司宣传的功劳。据我所知，好多油性皮肤的女生背上也是有痤疮的，到了夏天没办法穿比较凉快的衣服，其实香皂比沐浴露更适合有此类问题的MM。

选择沐浴露，我首先会选择气味幽雅能让人愉快的；第二会考虑适合个人肌肤，绝对不能用后很干或使皮肤发痒；第三就是清洁度要合适，毕竟天天洗，也没那么脏，太清洁要出"蛇皮"的。

因为天天洗澡，身体需要补水，所以每天我都要使用润肤乳。适合我的应该是滋润度高、吸收迅速而不油腻的，而且不同的位置要选择不同的产品，不是全身用一种东西凑合涂一遍就完事。

脖子和胸部我用欧舒丹L'OCCI-TANE的杏仁胸部护理啫喱。因为脖子和胸部本身不会分泌油脂，不注意保护很容易出现细纹。洗这两个部位的时候要注意水温不要过热并且手持花洒从下往上清洗，以免皮肤松弛导致胸部下垂和出现颈部细纹。每天洗澡后一定要在第一时间护理，可以用大概一分钱硬币那么多的润肤乳，从下向上均匀涂抹到颈部，按摩胸部的手法则是从下向上，由外而内的。欧舒丹的这种润肤乳相当得水，基本没有什么油分，每天使用的话，到周末还是要做一次大的全身清理，因为身体上还是会有一些空气中的尘土以及自己本身的代谢废物，不及时清理，皮肤就会变得粗糙。

　　磨砂膏也会使用，不过平常没那么多时间，一般周末健身后，蒸桑拿的时候会顺便做一下。用搓澡布把所谓的泥和死皮清除一遍后，再用磨砂膏做两次清洁。我挑选磨砂膏时一般会在手上试一下颗粒是不是很大，质地是不是温和，是否有不舒服的感觉，洗掉后是否有不适的感觉。冬天最好用温和一些的磨砂膏，不然用后皮肤会更干燥、刺痒，夏天则选择水一些的，足部保养我使用专门的足部护理产品。

强力推荐

胖公主变身系列2：
《LULU'S好孕瑜伽——产前先修班》（+DVD碟）

★ 台湾地区金石堂网路书店心灵健康类畅销书榜第3名
★ 首创第一本知名瑜珈天后LULU老师怀孕全记录+ DVD
   → 33招好孕瑜伽帮你美美的顺产
★ LULU老师亲身实证的宝贵经验大公开
   → 跟怀孕超重说拜拜，让宝宝更聪明，开心做个顺产靓妈咪
★ 瑜珈名师LULU告诉你
   → 怀孕瑜珈，不但能增强宝宝智力、代替药物改善孕期10大不适症状、还能帮助你健康养
     胎、安心顺产！更可以让孕妇做好体重控制，让怀孕期间补再多也不怕胖！

分享美丽心得　绽放自信光芒

感谢您购买我们的图书，欢迎您参加广西科学技术出版社书友会。

知识改变命运，读书改变生活！在这里，你可以找到送给自己、朋友、家人最宝贵、最美好的人生礼物。

参加方式

非常简单，填写会员登记表（下一面），邮寄、传真或发E-mail给我们即可（会员登记表及图书目录，请登陆我社网站查询）。

会员权利

● 登记以后，将会收到会员确认信，成为终身会员

● 不定期收到新书简介

● 不定期参加各种书友联谊活动

● 参加图书书评甄选活动，每月优秀作品可选择获赠我社其他热销图书一本（选择书目通过电子邮件发送）

● 直购我社图书，请登陆当当网（http://www.dangdang.com），或者卓越网（http://www.amazon.cn），累计到一定金额（300元以上）时，可将当当网或卓越网的送书凭单邮寄到我社，年底将获赠小礼品

会员义务

● 遵守国家相关法律法规

● 填写的会员资料必须真实有效

＊ 直购图书仅限我社美丽生活书友会图书目录
＊ 美丽生活书友会活动解释权归广西科学技术出版社北京出版中心生活编辑室所有

广西科学技术出版社书友会联系方式

邮 政 地 址： 北京市朝阳区建国路88号SOHO现代城1号楼2705室
　　　　　　　广西科学技术出版社北京出版中心生活编辑室
邮 政 编 码： 100022
网　　　址： http://www.gxkjs.com
邮　　　箱： gxkjs@yahoo.com.cn
书友会热线： 010-85893722　010-85894367（传真）
联 系 人： 孟辰　蒋伟

广西科学技术出版社书友会
会 员 登 记 表

姓　　名：＿＿＿＿＿＿　性　　别：＿＿＿＿＿＿　年　　龄：＿＿＿＿＿＿

通信地址：＿＿＿＿＿＿＿＿＿＿＿＿＿＿＿＿＿＿＿＿＿＿＿＿＿＿＿＿

邮　　编：＿＿＿＿＿＿＿＿＿＿＿＿＿＿＿＿＿＿＿＿＿＿＿＿＿＿＿＿

E-mail　：＿＿＿＿＿＿＿＿＿＿＿＿＿＿＿＿＿＿＿＿＿＿＿＿＿＿＿＿

电　　话：＿＿＿＿＿＿＿＿＿＿＿＿＿＿＿＿＿＿＿＿＿＿＿＿＿＿＿＿

教育程度：□高中及以下　　□大专　　□本科　　□研究生　　□博士及以上

职　　业：□学生　□教师　□公务员　□军人　□金融业　□制造业　□IT业
　　　　　□新闻出版业　□服务业　□贸易业　□其他

★　您购买的图书名称（准确书名）

★　您在哪一家书店购买的（请写明具体省市地区名称）

★　您对本书的封面设计有什么意见和建议

★　您对本书的内容有什么意见和建议

★　您是否愿意参加图书书评甄选活动，每月优秀作品可选择获赠我社其他热销图书
　　一本（选择书目通过电子邮件发送）

★　您还希望我们出版哪一方面的图书